砂上的微小幸福

枯野瑛
插畫みすみ

Kadokawa Fantastic Novels

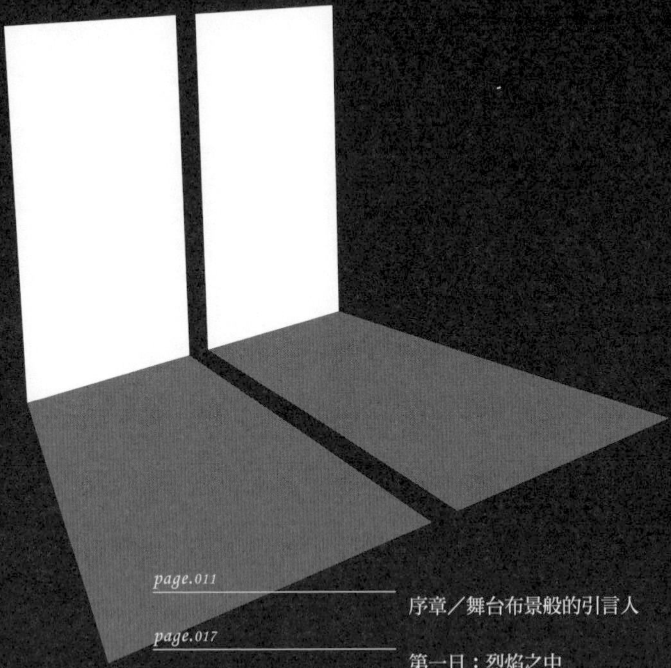

目錄

contents

序章 舞台布景般的引言人

prologue

今年又迎來了夏天。

◇

梅雨季過了。

但濕度和令人不適的感受絲毫沒有降低。黏膩的空氣緊貼著肌膚，往來人群彷彿奮力泅游其中。

我，也是當中的一人。

我身穿白色連身裙搭配淺色開襟毛衣，無論怎麼看，感覺都能視為氣質高雅的女性。

平常我基本上並不這麼打扮，雖然要問適合與否，我想是肯定的，只是純粹不太符合個人風格。而刻意如此打扮的原因，也不是為了想讓特定的某人欣賞，目前我身邊並沒有這樣的人。

我走在強烈的陽光下，就算撐著傘也會讓人體力不支。更慘的是穿著不習慣的衣服，一路上我好幾次在陰影處停下腳步。

各種蟬正拚盡全力地大聲喧囂。

彷彿嘲笑著我：

「在這般酷熱之中，妳還打算去哪？妳想前往的地方早就不存在了，那個人也已離去，那段時間再不復返。此刻不過是與所謂的夏季重疊，妳只是沉浸在過往的回憶當中，不是嗎？」

當然，照理說這不可能。

蟬就是蟬，牠們有大聲鳴叫的原因，又怎會在意我呢？是我擅自曲解牠們的意思，這全都是心中的恐懼所致。

——沒錯，的確呢，就是如此。

面對這些僅存於妄念的嘲弄，我大方承認。

我不再找藉口。接下來的我的確只是想不成熟地伸手挽留逝去的時光，打算沉浸於過往回憶。

儘管沒有被人催促，我依舊稍微加快了腳步。

我爬上白色石頭階梯。

不知名的行道樹散發的濃烈香氣，薰得讓人有些窒息。

我走在鋪滿陳舊地磚的坡道上。

被曬黑的小學生們與我擦肩而過。植物的氣息裡，瞬間有股刺鼻的氣味參雜其中。

我轉過街角的陳舊菸舖，映入眼簾的——

——啊……

是一棟平凡無奇的公寓。

一層樓有四戶人家，共八層樓，理應是相當有年歲的建築物，怪的是白色外牆看起來卻相當新。一間擁有開放式露台的小咖啡店開在一樓，或許是因為和車站有一段距離，裡面沒什麼客人。

我恍恍惚惚地走了進去。

公寓的共用玄關沒有上鎖，我直接朝樓梯走去，往上爬時眼角餘光瞄到「使用公共空間時請保持肅靜」的告示。爬累了的我稍作休息，接著繼續往上。

我佇立在門牌508號門前。

我熟知這扇門後的空間配置，是個家具不多的房間，淺綠色窗簾後方有扇大窗戶，外面是芳賀峰市的街景，再遠一點還看得到海。房間牆邊放著矮櫃，上面有個圓形金魚缸，裡面養著隨波搖曳的水草和兩條紅色金魚。**她**就坐在曬得到太陽的地方，彷彿缸中搖擺的水草般，邊搖晃身體邊望著**那個人**的背影。

我吸了口氣，旋即吐出，接著朝門鈴伸出手指——

我停下動作。

把手縮了回去。

並與門拉開了一點距離。

不能進入這扇門。

我沒有……這個資格。

蟬鳴叫著，彷彿在嘲弄我。

你們說的沒錯。我想前往的地方早就不存在了，那個人也已離去，那段時光再不復返。

而我能再次取回的，唯有這個不斷隨著四季循環的夏天。

「……唉。」

我嘆了口氣。

站在這個地方的我，重新被自己就是個局外人的事實給當頭棒喝。

沒錯，我認識他們，知道那年夏天的事，但這段關係不過是建立在單方面的。我了解他們，他們卻不了解我。

對他們而言，我是個和他倆距離極近的局外人。在他們的故事中，我並非什麼登場角色，單純是件舞台道具，換句話說便像是背景板那樣的存在。在他們痛苦、歡笑、悲傷，甚至彼此心意相通之際，我一直陪在他們身邊，卻完全無能為力。

◇

有個詞彙叫引言。

原本似乎指的是擔任舞台劇開場白的演員。在故事正式開始前，由擔任序幕解說的演員向觀眾說明「接下來故事要開始的舞台是這樣的地方，有這樣的角色會出場」。

通常在劇中擔任說書人的角色，似乎很常接下這個職務。儘管他與故事主體沒有直接關連，卻在最靠近事件之處旁觀了發生的種種，因此由他來解釋會更適合……差不多是這樣的概念。

然後……我想——

若要將那些時日所發生的經過串成一個故事——角色就是一名笨拙的青年和一隻聰明的

白色老鼠——若要回憶這一人一鼠同在那彷彿金魚缸的房內所度過的夏天……

我確信自己是唯一有資格擔綱開場引言的人。

正因如此，現在，我在此處——

打算從人去樓空的這個地方開始回憶。

沒有觀眾之類的也無妨，我想獨自沉浸在回憶之中。

那是前年的八月。

在一個炎熱夏夜所發生的事——

第一日：

day : 1

烈焰之中

非人怪物，是自人腹孕育而生的。

——早良和泉《北之岬》

（1）

被當成研究樣本的**那東西**，名為「高爾・娲達耶17—C—B」。

針對那肉片，谷津野中央環境研究大樓主要是由三個方向進行研究的。第一個是：「它具有什麼特性？」其次是：「如何讓它增生？」最後是：「它一開始到底是什麼？」

也就是說，當時大家對它一無所知。

首先，它的來歷不明。三年前，永末博士將它帶進研究室，沒有向旁人交代一聲，接著便於隔年人間蒸發。而那東西的細胞構造，與目前所有已知的多細胞生物毫無相似之處。

據一名研究員評論，它「就像雞胸肉的食品模型」，他的同事們苦笑著贊同。的確，它看起來就像那些包裝好陳列在超市裡的樣品，兩者唯一的共通點是有著乍看像是能食用的外觀，不同之處則在於它的材質並非塑膠或矽膠，而是接近無垠未知的某種存在。

話雖如此，仍有幾點可以確定。

構成**那東西**的細胞，全都擁有類似俗稱萬能細胞（註：指多能性幹細胞，或是假想能成為夢幻醫材、實踐醫學理想的細胞）的特點。一旦將其植入其他生物的傷口裡，它會參與該生物的細胞分裂過程，改變自己的樣態，（表面上傷口看似良好地癒合了）完美地成為裡頭的一分子。

萬能細胞在現代醫學當中，就好比是一種目標。若能研究其特性，並以人類技術安全重現，該會是多麼偉大的成就啊！而在現代社會裡，話題性則像是毒藥，無論是好是壞都會造成極大影響，因此這項研究儘管備受期待，卻同時祕密進行著。

目前尚未找到能培養在未變異狀態下的**那東西**的方法，因此進行實驗時總是謹慎地將它切成小塊使用。

——之前有一隻實驗用的大鼠。

為了進行實驗，牠被切開腹部，植入高爾．媧達耶。高爾．媧達耶迅速異變為哺乳綱齧齒目鼠形亞目的腹部組織細胞並進行分裂，經過五十二分鐘左右便不留疤痕地將傷口漂亮治好了。

在那之後卻發生了異常狀況。

大鼠的行為模式改變了。

牠在史金納箱（註：用於研究動物行為中操作制約和經典條件反射的實驗裝置）制約的速度顯

著上升，進一步以目前的模式為基礎，甚至能開始進行簡單的預測。研究人員發現在古典迷宮實驗中，牠大幅超越了其他大鼠的平均學習能力，例如並未表現出在這類實驗中常有的增加攻擊性等行為，而是開始採取謹慎應對的行動。

有些過度樂觀的相關人士如此解讀這個現象——大鼠是透過治療而變得聰明的。這是好消息，高爾．媧達耶不僅會治療受傷的組織器官，也能活化（？）腦部的（？）神經細胞（？）功能，真是太棒了。當這項研究完成之際，人類本身的發展想必就能推進一大步吧！

而稍微謹慎一點的相關人士則含蓄地表示欣喜。讓人無法理解的細胞做出不明所以的行為，還帶來匪夷所思的變化，在追查其機制的過程中，無論它究竟為何，知道更多線索都是令人欣慰的。

也有一部分相關人士皺起臉。世界上能影響宿主心智的寄生生物為數眾多，無論哪一種都相當危險。倘若高爾．媧達耶也具有這類特性，不跨越極高障礙的話便無法實用在醫療手段上吧！

另有少數相關人士陷入沉默。見大鼠那難以解讀情緒的雙眼直盯著人類，他們將目光牠身上移開，微微恐懼地說了。

——這樣的生物，真的還能稱之為實驗大鼠嗎？

（2）

牆壁和天花板皆是一塵不染的白。

酒紅色覆蓋了整個地面。

混著消毒水和芳香劑的嗆鼻氣味，微微刺激著鼻腔深處。

還真是個不會讓人想久待的地方呢……這是江間宗史參訪谷津野中央環境研究大樓的心聲。

他知道在所謂與生命科學相關的研究場域，環境整潔是最基本的條件。但此處的潔白只是胡亂塗上油漆偽裝出來的，比起實際功能，倒不如說是為了做給外人看的。果然是那樣吧？是某個與現場無關，在遙遠上方付錢的偉大人士的主意吧？儘管是個人偏見，可能性卻相當高。

即使暗自這麼想，他的臉上依舊不動聲色。說起來宗史原本便非情感豐富的人。他將雜念隱藏在撲克臉底下。

「之所以請您前來的原因無他。」

就隱藏內心情感這層意義而言，眼前的委託人同樣擅長，貼在面具上那討好的笑容，完美地掩蓋他心中所想，所以倒也沒什麼好稀奇的。

「這裡的研究室正在進行劃世代的嶄新研究，一旦實用化便具備獨自引領本公司事業發展的潛力，是以公司內也有部分人士對本部門擁有如此力量有所不滿——」

宗史心不在焉地聽對方說話，對事態有了大致了解。

總之就是因為公司的敵對派似乎打算出手干預此事，委託人希望能加強這棟研究大樓的保全措施，於是找上江間宗史這位檯面上（據稱是）該領域的專家。

針對現階段此處的保全情況進行評論、指出可能成為漏洞之處、向對方提出符合預算及準備時程的改善方案——大致像這樣吧。倘若只有上述這些事項，就算是現在的自己，或許也能盡上一份力才對。

正當宗史自忖著這些時——

「——我想請您阻撓專務派與埃比森．環球公司之間的合作關係。」

「嗯？」

總覺得對方提出的要求，似乎和自己所想的相距甚遠。

「我想確認一下。」

「是。」

「該怎麼說呢，我的專業是有關保全方面的各項事務。」

「沒錯，我明白。」

「而你們今天則是為了強化這裡的保全措施，找我來進行研議。」

「嗯，的確是這樣沒錯。」

「那為什麼會出現要求我阻撓對方的字眼？」

「哎，要解釋得詳細點，就是一旦對方合作順利，曾根田專務董事便會真正開始著手打擊我們。不用做到讓他們談判破裂，只要能再爭取兩個月左右的時間，基本上就可以讓我們這邊更容易行動。」

「你講的這些是哪門子的保全？」

「先下手為強，是全世界共通的安全守則。」

委託人臉上笑得討好，卻莫名地講出不得了的話語。

宗史並非不明白箇中道理。比起只是強化己方陣營，不如將目標放在弱化敵方勢力，這是相當合乎邏輯的主張，感覺像是東西方古今的戰爭故事裡，名聞遐邇的軍師角色在斷敵糧道啦、反間計啦這類關鍵場合會說出口的話。

然而江間宗史是日本現代**有常識的**普通市井小民，並不打算活在戰爭故事的世界。

「請容我鄭重拒絕。」

宗史低下頭，毅然決然地表示。

「咦？」

男子上一秒還笑得一臉討好，隨即卻瞪大雙眼，吃驚不已。真是優秀，宗史想。

「為什麼？」

「我不知道你們對**江間宗史這個名字**懷著何種期待，但從事破壞並非我的本業。原以為自己是來修城的職人，結果卻發現要扮演見不得光的忍者，這讓我無所適從。」

「……什麼？」

「若是這樣的工作，還有其他適合的人選。我會將你們的需求轉達給仲介，請他找更適合的人才過來。」

宗史從軟得一蹋糊塗的沙發上站了起來。

「但是……」

「只有假想敵的話另當別論，倘若擺明要挑起戰爭，請恕我無法奉陪。我在這裡聽到的任何事不會有第三者知道，請您不必擔心。」

語畢，宗史不待對方反駁，逕自離開會客室。

有個詞彙叫商業間諜。

詞彙本身並非職業，而是意指從事某類行動。簡單來說，在檯面下打擊敵對組織，並牽扯到自身利益的這類活動，通稱為此。

具體細項可說是五花八門。像是在敵對企業裡臥底，向母公司回報對方動態，進一步在人際關係等處布局，物理性地潛入盜取機密，暗中搞鬼破壞，或是透過網路進行類似上述的電子化行徑……一如組織間彼此鬥爭有著各式各樣的形式，潛伏在暗處伺機而動者的工作也有許多樣態。

在長久以來歷經許多內戰的日本，大家互扯後腿是一種傳統文化。長期的經濟疲軟造成各行各業普遍衰退，即使如此，商業間諜的需求卻不減反增。

而當然，所謂的商業間諜一詞，也可以用來指稱從事上述間諜行為的人們。

靠著窺探、欺騙、搶奪、破壞這樣的行徑維生的一群人。

（不過說起來——）

離開會客室的宗史由入口玄關朝四周望去

（這棟研究大樓果真有點問題呢……）

他再次湧現這種想法。光是瞥見監視攝影機的配置與工作人員的活動路線，就可以發現幾個缺失。

儘管只要降下正面入口處的鐵捲門便固若金湯，旁邊相隔不到幾公尺之處卻設著看似可輕易打破的窗戶。雖然設有一台監視器將該處列入監視範圍，但就連門外漢都能輕易看出這東西根本是虛有其表。此外，工作人員的識別證件僅僅是一張ＩＤ卡，完全沒有其他像是指紋、聲紋、虹膜等辨識機制。也就是說，只要將識別證上的照片稍作替換，便能肆無忌憚地冒用他人證件。

畢竟日本是個法治國家，幾乎沒有強盜直闖入內的風險，亦即建築物內的格局並非為了因應槍戰而設計，或許倒也不用在意這些細節。然而除此之外的威脅不分國別，無論是在日本或其他地方，這種想偷就能偷的漏洞對保管機密的場所而言都是一大問題才對。

況且還有件令人在意的事……

（…………不。）

不管怎樣都與自己無關。

正當宗史如此想著，向前邁進之際——

「您該不會是江間老師吧？」

聽到有個陌生的聲音叫住自己，江間宗史停下腳步。

「什麼？」

他回過頭。

離自己僅幾步之遙的一名女性正看向這裡。

只消一眼，他心中便粗估了個大概。

對方的年紀約在二十歲上下，可能落在十八九歲，頸部並未掛著識別ＩＤ卡。

給人的第一印象是個不起眼的女孩。

然而這種樸素感是刻意營造出來的，透過妝容、穿著、眼鏡這些降低他人對她的外在印象，無論怎麼看都像是商業間諜這類身分會耍的小花招——卻似乎與他們有所差異。

站姿不錯，但軀幹穩定度不足，且身體中軸線不正，感覺缺乏運動。這似乎是日常久坐在廉價辦公椅上所導致的。

對女孩的分析告一段落。緊接著，問題來了。

「呃……」

既然喊出名字，表示對方應該認識他。

但江間宗史的記憶裡並沒有這女孩的臉。

儘管遭到刻意營造的樸素印象遮掩，不過仔細一看，女孩的五官相當端正。即使如此，他依舊怎麼也想不起來。

「果然是江間老師。您都沒變呢，我一眼就認出來了。」

況且這個江間**老師**的稱呼，又是從何而來的？

只見女孩看似開心且含蓄地笑了。

「好久不見。您還記得我嗎？」

她壞心眼地直接丟了球來。

「啊——呃……」

「您該不會把我忘了吧？」

她勾起嘴角，臉上浮現壞笑。

這個表情，與宗史印象中某一隅的久遠記憶重疊了。

很久以前——

在江間宗史過著像現在的生活再更早以前。

當年他二十歲，是個普通的大學生，也是和違法的世界毫無關連的一般人。身兼數個打工的他忙得團團轉，當了幾個學生的家教。而其中最優秀、最不必操心的一名，在揶揄大人時總會露出這種笑容。

彷彿宗史久遠以前的人生餘音。

「……妳該不會是……小沙希未？」

「是。」

她開心似的點頭。

「我完全沒發現，根本不可能認出來嘛。都過了幾年？」

「六年……我倒是馬上就認出江間老師嘍。」

「哎呀……六年前的我好歹也是個成年男性了嘛。」

他一瞬間止住了呼吸。

過了六年的江間宗史，對她而言看起來都沒變嗎？

「當時妳只是個國中生吧？」

「現在大學二年級了……我真的變了那麼多嗎？」

他很想回：「怎麼可能沒變啊？」記憶中的她個頭嬌小，是個古靈精怪的小大人。而過了六年，她的身形變得修長，體態亦然。

「哎，妳長大了，也變漂亮了呢。」

「這感覺就像很久沒見的親戚叔叔會回應的話呢。」

「這感覺就像很久沒見的親戚叔叔心裡會想的呢。」

兩人像這樣你來我往地互開玩笑。

「真不好玩。啊，不過『變漂亮了呢』這句話讓我有點開心，麻煩再誇一次，這次我一定會表現得有點害羞。請務必再一次，務必。」

「我才不誇呢。」

「小氣。」

他一面回想六年前彼此間是怎麼對話的，一面模仿——

『你這個……殺人凶手！』

「唔！」

——很久以前遭人痛斥的聲音，在他腦中再次響起。

「……老師？您怎麼了？」

「啊，沒事。」宗史搖頭。「那個，妳……不知道我的事嗎……？」

「咦？」

她愣了一下。

「我知道喔，所以才會向您搭話。您是江間老師沒錯吧？就算你現在說自己只是長得跟他很像，我也不會相信喔。」

「我不是這個意思。」

宗史深吸了一口氣，靜待紛亂的呼吸平復。

「抱歉，問了奇怪的事。忘掉吧。」

「喔……哎，是無所謂啦。」

她一臉狐疑。這也是當然的。

「咳咳！」身旁傳來了刻意彰顯自己存在的假咳聲。宗史抬眼一看，只見一名中年警衛瞪著他們，以眼神示意「這裡不是你們兩個可以調情的地方」。

當他們在入口玄關正中央聊得忘我之際，似乎被不少周遭的人行了注目禮。

「——站在這裡聊天也不妥，我們出去吧？」

宗史稍微繃緊了臉，催促道。

「說、說的也是呢。」

看來有點不好意思的沙希未邁開步伐。

「啊，對了對了，老師該不會在這裡上班吧？」

儘管一瞬間搞不清楚對方突然在說些什麼，但他很快就意會過來。想必是指這棟谷津野中央環境研究大樓的事吧。

「不，我是外部人員。有人找我來討論關於警備保全之類的事。妳呢？」

「我爸在這裡上班，我今天是把他忘記帶的東西送過來的。是個存了重要資料的USB隨身碟。」

「呃？咦？」

喂喂喂，她現在是說真的假的？

把那種東西帶到機構外，真的沒問題嗎？

這裡的保全措施果然存在各種問題呢，他想著。至少在公司內部鬥爭白熱化之際，不是該針對可能讓敵方有機可趁的部分事先做些防範，未雨綢繆嗎？」

或許是因為宗史想著這些事而一臉震驚——

「這種行為果然很有風險吧？」

她露出了顯得有些尷尬的表情。

「的確。畢竟本來就是在處事必須留心各層面的階段，這樣的行徑如果被股東知道了，肯定會引發軒然大波。況且這裡正在進行最先進的研究，對吧？」

宗史望向四周。

「既然如此，搞不好有組織正虎視眈眈著。」

「我想也是。」

通過主要出入口的自動門時，宗史只回了一次頭。

入口玄關周邊的監視攝影機有三台。

然而當中的兩台是假的，視線死角太多。

能前往內部深處而不在監視影像中留下身影的路線約有七條。

就連瞬間掃視而過的宗史都有這樣的掌握了，倘若事先稍微搜集資訊，想必能知道得更詳細吧。

（有人……）

準備離開之際，他看見了幾個人。

幾個明顯沿著監視器死角邁步的男人。

而他們視線的移動方式、站立時身體重心的擺放、腳步的移動，全都相當老練。

間諜、破壞行動者。哎，總之就是這類傢伙吧。況且與宗史這樣的半吊子不同，對方應該是靠這行吃飯的專業人士。

（……既然是保全措施如此鬆散的地方，不良分子當然能長驅直入了。）

先下手為強，是全世界共通的安全守則。看來不久前說出這話的當事人，似乎正屈居於下風。

（但這並非我該管的事就是了……）

這棟研究大樓接下來將得承擔怠於防備的後果吧。但既然他們公司打算私自了斷這場紛爭，便不容與此無關的外人置喙。

對江間宗史而言，他有一條守則。

『只協助主動求援的對象，並索取相對應的報酬。』

為了保全自己，活在安全與險境界線的他設定了這條重要的規則，絕非一時感情用事就能隨便踰越。

是以現在該做的，便是離開這裡。沒錯。他如此告誡自己。

◇

日落西沉。

天空降下傾盆大雨。

雨滴彷彿子彈般擊打著傘面。

此刻，在入夜的街道上，幾乎無法仰賴照著街道的路燈光芒。

由於雨聲過大，想說話就得扯開嗓門。縱使顯得有些寂寥，然而這帶姑且還算是個商業街區，宗史不是很想提高分貝，因此兩人並未多做交談。

儘管如此，走在他身旁的真倉沙希未不知怎地卻很開心。

「妳以前說過要念法學院吧？說是要取得律師執照，當個獨立自主的女性。現在如何了呢？」

「那個呀……啊哈哈——哎，都說兒時的夢想是短暫的～～啊，不過我已經找到了下一個夢想，現在正在努力的路上。」

「那真是太好了。」

相隔六年未見的空白。即使說是舊識，彼此在這六年間根本毫無往來，沙希未卻相當親密地和宗史交談。明明她本來也不是那麼長袖善舞的個性。

「她以前該不會仰慕我吧？」「再次見到仰慕的老師，該不會心裡正在小鹿亂撞吧？」宗史倒沒想得這麼美。畢竟他沒這麼單純，也沒這麼自戀。

「老師教了很多東西，我現在都還記得很清楚喔，比方說鬣蜥之類的。」

「咦？那是什麼？我講過嗎？」

「講過喔。你說拿牠來做佃煮（註：將蔬菜、海草、魚蝦，甚至昆蟲等以醬油、味醂和白糖等調味料熬煮入味的一種耐放小菜）很好吃。」

「妳這八成是和別的話題混在一起了吧。」

「對了，那個……老師那位可愛的女朋友現在好嗎？」

「啊……我想應該還好……吧？」

儘管像過去那樣聊著一些無關緊要的話題，沙希未臉上卻不時流露陰沉，看似想將如兒時般度過的這段時間與其他相比一般。

——這女孩現在過得不快樂嗎？

宗史如是想。

好比有些人老了會常講起以前的事，當下越是過得不滿意，湧現的回憶便越是美麗，同時會將重現過往回憶的時光——與令人懷念的人如過往般共度的時光——視作很棒的存在。

所以此刻在宗史身旁的她，才會表現得比平常更加愉快吧？

儘管感到有些失禮，他依舊如此想像著。

眼前出現了岔路。右轉會離開商店街，抵達深路車站；左轉則會離開商業街區，通往住宅區。

「那個……可以交換聯絡方式嗎？」

宗史霎時全身僵硬。

照理說這樣的發展是事先料想得到的，他卻從未想過。他覺得自己應該拒絕，不能再讓這一無所知的孩子接近現在的他。

「……這個嘛，是可以。」

儘管如此，他終究還是點了點頭。

「下次能找您商量一些私事之類的嗎？」

「呃……」他語帶猶豫。「……可以。但我不保證能幫上忙喔。」

「不需要做這種保證喔，畢竟是我擅自抱持期待的嘛。」

「妳還真會撒嬌耶喂。」

有年輕女孩主動拉近關係，身為男人應該會很高興吧？想必會懷著一絲邪念吧？那就再和妳多親近些──照理說會暗自這樣盤算吧？但宗史當然不能抱著這種心思。

或許，倘若真的為她著想，就該與她保持距離才對。與六年前不同，妳不應該接近如今的江間宗史──也許該這樣告訴她？話雖如此，他同樣做不到。

無論是哪種「應該」，他都沒辦法下定決心執行。也太半吊子了。

「那我最近會再和您聯繫的。」

說完，沙希未便朝車站方向走去。

他微微揮著手，目送她的背影離去。

一旦只剩下自己，雨聲聽起來就更大了。籠罩自己的灰色世界，感覺似乎變得更加深沉。

「……還真的是個半吊子呢。」

他刻意講出來嘲弄自己。

因為不滿現況而像是要再現當年回憶般，沉浸在彼此的重逢當中──這其實是在講他自己。一如六年前般與要好的她親近地談話，這樣的時光確實令人心情愉快。

躲進附近大樓騎樓的他拿出智慧型手機，點開聯絡人名單——一面確認當中多了沙希未的名字——一面打給「話癆」。

響起數秒的答鈴後，電話接通了。

『嗨嗨，江間先生辛苦了～～！話說你現在人在哪？』

電話裡傳出輕佻且不知為何語速很快的男聲。

「離開那棟研究大樓後，走了一小段路的地方。不好意思，對方提出的需求跟之前收到的資訊差異頗大，我就不接了。」

『啊，那傢伙方才也和我確認過了。抱歉，是我求證不足，下次會想辦法補償你的。』

「喔——」

宗史本想表示自己會不期不待地等著。

然而電話那頭卻不待他回答，緊接著說：『先別說這些——』

『你馬上離開那裡。那棟研究大樓現在正遭受內部權力鬥爭蓄意破壞（sabotage）。』

「啊——」

應該是在入口處看到的那群人吧？他想。

「我才不會待在那種會掃到颱風尾的地方呢，畢竟也目擊到一群可疑人士。」

『我不是指那個，而是叫你快點躲起來。梧桐他們開始行動了。』

瞬間——

宗史有種不知雨聲消失至何方的錯覺。

感覺腦內深處像是被潑了桶冷水般，驟然涼了起來。

他在嗎？

那傢伙……

此刻……

在那棟大樓裡。

「……還真是聽到了久違的名字啊。」

宗史壓抑著差點換氣過度的呼吸，低吟似的說道。

一般來說，商業間諜的工作會盡可能低調。把某個密碼或某張機密文件給偷出來，並不需要大張旗鼓的槍戰或打鬥場面。倘若張揚行事而帶給周遭不必要的影響，好不容易才妥善處理的工作便有可能前功盡棄，因此無論如何都要表現得不起眼才行。

然而任何事皆有例外。

承攬者梧桐，便是惡名昭彰的那個例外。

而對江間宗史個人而言，那更是個想忘也忘不了的名字。

「那棟研究大樓會被搞垮嗎？」

『大概吧。你應該不想陪葬才對？』

那還真是敬謝不敏，他想。況且只要出現梧桐的名字，一旦居於下風便有可能危及性命，還真是完全沒有誇大其辭或開玩笑的成分。

「那當然——」

宗史一面回答，一面抬起頭。

他對眼前所見感到疑惑。

遠處，朦朧雨幕中的視野彼端——他看見一個人影奔跑穿過剛才兩人道別的路，沒有撐傘，披頭散髮，即使濕漉漉的也不在意。

只看得清輪廓。說起來，對方進入他的視野也就一瞬間，即使如此，他依舊察覺到那是誰。

真倉沙希未。

是不久前才在那條路上道別的她。

為什麼又折返回來了？而且還匆匆忙忙的。

他只能聯想到一個可能——因為她總算發現父親職場上的不尋常，想盡可能快點趕赴現場幫忙……即使對於在那裡等著自己的事情一無所知。

既然是最先進的研究場域，被其他組織盯上也不稀奇。方才灌輸她這種思想的不是別人，正是宗史自己。

『喂喂？江間先生？喂～～？』

「抱歉。」

『嗯？怎麼了？發生什麼事了？』

「晚點再打給你。」

『咦？啊等一下。喂喂——』

他掛斷電話，將手機塞進後褲袋。

「雖然我還不想死呢！」

他丟下傘，衝進滂沱大雨之中。

（3）

問起「想削弱競爭對手的實力之際，若是無視一切倫理道德，最有效的做法是什麼？」

想必大部分的人都會這麼回答吧。

——消滅競爭對手本身不就得了？

而梧桐所率領的團隊這次的工作大致如下。

首先，他們悄悄地控制了監控室。所謂的研究設施為防止意外發生，理應有各種應對機制，因此得先讓這些東西失去功能。例如監測室內空氣組成的變化、實驗動物籠內是否異常等系統，都能從這裡全面操控。由於火災偵測系統及自動灑水器等是透過市面上的控制系統管理，防禦漏洞可想而知，只要抓個空檔運行偽裝（待宰羔羊）軟體就足以達成目的。

他們以大樓內的格局圖為藍本，模擬出**讓內部起火**最有效率的方式，像是要在哪裡如何點火、怎麼讓空調系統運作，以及如何令火勢廣泛蔓延開來，使空間全數陷入火海。為此，他們事先從外面運入所需的追加燃料，不顯突兀地安置在樓內各處。

當所有的準備完成後，這群人便開始行動。

偽裝成引爆瓦斯的爆炸發生，火舌猛烈竄燒，警報器卻未響起，自動灑水裝置**很不幸地也出現故障**而無法滅火。工作人員們慌亂逃竄，全想衝向出口逃命。緊接著再度爆炸，許多人紛紛受傷，眼下群情恐慌。隨著火勢蔓延，珍貴的研究數據及測試樣本都在無情的大火中灰飛煙滅。

「嗯嗯……不錯呢。」

在這混亂至極的當下，一名中年男子摸著未經修整的鬍鬚，在監控室裡透過監視鏡頭看著大樓內部的情況。

「就是要這樣做才對嘛。本大爺可是因為仰慕詹姆士．龐德（註：小說家伊恩．佛萊明於1953年創作的虛構角色，為英國軍情六處情報員，代碼007）才開始幹間諜這行的，如果不從火海和爆炸中脫身而出就提不起幹勁呢。」

「您的這種仰慕如果被人家的粉絲知道了，絕對會引發眾怒吧。」

他的下屬——戴著薄手套的小個子男人輕快地敲著鍵盤，如此說道。

「讓他們去氣嘍。本來粉絲要怎麼致敬就不受限制吧？」

「好歹也要建立在所謂法律和正常邏輯下的不成文規定上啦。」

在他們互開玩笑之際，事態依舊進展著。

計算下的爆炸和火焰，正吞噬著各種存在。

◇

以看似意外的事件作為掩飾，摧毀一棟建築物——宗史很清楚梧桐的手法。

當下他不會太介意死了多少人。想活下去就拚命求生，做不到便乖乖去死，這就是他的一貫立場。

當然，他並非完全放任不管，該殺的人一個都不會放過。具體而言，就是指一開始便被列在狙擊名單內的人，以及打算從現場帶走多餘之物的蠢蛋。只要發現那些人的蹤跡，梧桐絕不會讓他們逃走。

從裡頭逃出來的工作人員和外頭看熱鬧的人，將正面出口處擠得水洩不通。消防車好像還需要花點時間才會抵達。

江間宗史抓了個附近的白袍男子問道：

「有女孩子進來這裡嗎？」

「啊，有的。真倉課長的千金剛剛飛奔進去……」

還真的被他猜中了。他不禁咂了聲舌。

「她往哪裡去了？」

「我想大概是C實驗室，她父親應該在那裡……」

沒等對方把話說完，宗史深吸一大口氣，開始奔跑。

儘管聽見背後的聲音安靜下來，他卻對此毫不在意，拋諸腦後。

他環顧入口玄關。

警報器和自動灑水器都沒有動靜，監視攝影機卻如常運作——這是意料之中的事。看來梧桐早已控制住監控室，正從該處操控著這場災難。儘管宗史也曾考慮過從外部駭進這棟大樓的系統，但一來可能不會太順利，重點是會花上太多時間，因而作罷。

他想方設法不被攝影機給拍到，也盡可能不被（或許在現場也說不定的）梧桐的手下發現，進入研究大樓的深處。

（……可惡！）

充斥火災現場的空氣是有毒的。他將呼吸控制在最少的次數。全身正好被雨淋得濕答答，暫且不會著火才對，也多少能用袖子阻擋煙霧。然而即使佐以這些要素，能活動的時限至多五分鐘，非得在這段時間完成不可。

（燃燒著呢。）

映入眼簾的全部……不，五感所接收到的所有訊息，在在激起厭惡的回憶。而他正刻意跳入那若是可以，絕不想再靠近第二次的地獄。

內心不禁責備起自己，為何要湧現這種愚蠢的雜念？並催促他快點逃出這裡。他一面以意志平息這些雜音，一面朝裡頭前進。

宗史維持低姿勢，盡量不讓障礙物絆住腳步，卻也一邊躲在這些東西的暗處，且滑行且狂奔，不斷深入內部。

得找出C實驗室才行。

◇

「嗯？又來了。」

螢幕前的小個子男人停下手指。

「怎麼了？」

「有個傢伙從外面飛奔進來，這次是年輕男性。是這附近想成為英雄的人嗎？」

「啊～～」

梧桐仰天長嘆。

「別進來呀～～看看裡面就知道多危險啦——那傢伙會死掉吧？這樣不就像是被我殺掉的嗎？學校沒教過你們火很危險嗎？」

「雖然我同意你說他是自己來送死這點，但這仍舊不會改變人是我們殺的事實。法院也會這麼說喔。」

「不不，什麼事實啦、法律啦都無所謂，重點是感覺好嗎？錯的是他而不在我，老子行得正、坐得直。一旦堅持主張這種信念，心情就會很爽快～～」

「儘管這種論調常聽到人家講，不過就思考層級來說已經是人渣中的人渣了呢。」

◇

目的地的C實驗室在二樓最深處。拜防火門一類的存在相繼敞開著之賜，通往該處的路上暢行無阻。

宗史躲在門的陰影下確認裡頭的狀況。

「什……？」

即使知道肺裡的空氣寶貴，他依舊不禁發出聲音。

腦中瞬間浮現「蜘蛛巢穴」這個詞彙。

地板上。

牆壁上。

天花板上。

以及連接這三者的空間。

在火光照耀下，某個淡紅色的存在正擴展著。

很快就引起他注意的那個東西呈纖維狀細細延伸。然而仔細一看，附著在地面及牆壁上的部分卻彷彿布料般薄薄地拓展開來，況且能看到有幾個塊狀般的物體滾動著。儘管不知道那是什麼，但這個塊狀物恐怕是原形，薄細延伸的則是它的變形吧。

是黏菌嗎？或是接近那類存在的某種生物？

那是劃世代而嶄新，此處正進行研究的對象。

像是要訴說自己想逃離烈焰，繼續活下去般，它們擴張自己，伸展而出，卻從末梢開始遭到焦炙，逐漸化為灰燼。

「……唔！」

現在可不是看異常光景看得入神的時候。宗史想起自己的目的，踏進房間。

他馬上就找到了。

只見白袍男人倒臥在桌子的陰影下，看似被倒塌的架子壓在下方。而真倉沙希末緊抓著他的胸口，一動也不動。宗史跑向兩人。

「小沙希末。」

隨著宗史的呼喚，她微微動了一下。

宗史將手指貼上男人的頸部，仔細盯著他的瞳孔。

男人死了。

確認名牌上的姓名——真倉健吾。

宗史想起六年前擔任沙希未的家教之際，這張看過無數次的臉。對方個性溫和，是個相當為家人著想的好父親。由於本身有心臟之類的宿疾，津津有味地品嘗甜甜圈時被老婆和女兒罵了。是因為心臟病發才來不及逃出去嗎？宗史閉上眼頃刻，哀悼亡者。

「小沙希未。」

他再度呼喚剛失去父親的女孩。

沒有反應。

宗史發現她受傷了，側腹一帶被血染紅一片。

儘管想仔細確認她的傷勢，但眼下連這樣做的時間都沒有。他強行抱起沒有動作跡象的沙希未。

呼吸困難，火燒得更旺了。已經沒時間折返來時路。雖然這裡是二樓，大部分的窗戶卻都被封鎖而緊閉著。

非得想辦法找出逃生路線不可。

（……嘖！）

他的眼角餘光瞥見了在角落裡發出點點紅光，運作中的監視攝影鏡頭。

◇

「咦……」

小個子男人歪著頭。

「又怎麼了？」

「找不到剛才闖進來的男人耶。他幾乎沒有出現在攝影鏡頭前。」

他依序指著幾個螢幕。

「哎，雖然我想他大概是在哪裡筋疲力竭了，不過照理說應該多少看得到他東奔西跑的身影才對吧？然而除了現身在入口玄關外，之後他就消聲匿跡了。」

「啊？」

梧桐摸著下巴。

「是那個嗎？鑽攝影機的死角在行動？」

「或許是我想太多了吧。也有可能是在抵達入口前就不支倒地，沒了下文。」

「是嗎？哎，可能是這樣吧。」

梧桐沉默了幾秒。

「能倒轉回去嗎？那傢伙現身在入口玄關的影像之類的。」

「這個嘛，您很掛心嗎？」

「我是挺在意的。所謂的工作呢就是要放膽去做，卻又不能遺漏細節，這點很重要。」

「聽起來是很有那麼一回事啦，不過百分百是玩笑話吧。」

其中一個螢幕的時間靜止、倒轉，接著定格在有問題的畫面上。

「是這傢伙嗎？」

「是這傢伙。」

畫質很差。雖然看得出有人打算衝進研究大樓，卻沒有能詳細判讀的特徵。

「靜止的影像看不出來呢。播放一下影片。」

梧桐的目光緊追著影像中的人物，眼睛眨也不眨。

小個子男人按照他的指示，在螢幕上循環播放數秒鐘的擷取影片。

「看出什麼了嗎？」

「不……只是該怎麼說呢？」

梧桐抓了抓頭。

「感覺好像在哪見過這傢伙，但想不起來是誰。」

「您的意思是同行？」

「有可能呢。哎呀～～在哪裡見過呢……」

他們改操作起別的螢幕。

一個人影閃過畫面。

「啊！」

「喔！」

影像被倒轉後重播，螢幕上出現男子的清晰身影，方才入口玄關處的影像完全無法與之相比。

對方是男性，年約二十五歲上下。將一名年輕女性抱在懷裡的他，步伐穩健地在通道間前進。

看不見他的臉。儘管以角度上來說就算看到也不奇怪，但他隱藏得很密實。

「他注意到了攝影機呢。」

「同時他也知道我們在這裡看著，才會做出這些舉動。」

梧桐語帶感佩地喃喃自語，隨即凶狠地勾起嘴角。

「也就是說呢——雖然不知道是何方神聖，但可以確定是來妨礙我們工作的敵人。」

◇

大雨打在身上，宗史大口大口吸著外頭的空氣。

氧氣突然被送進腦內，一陣強烈的暈眩霎時襲來。他好不容易才重新站穩搖搖晃晃的步伐。

他們成功逃出來了。

而且這邊恰巧是和入口玄關相反的方向，附近沒有其他人。如果是現在，應該可以悄悄地離開這個地方吧。

能隔著衣服摸到沙希未的身體，異樣感很小。儘管看起來流了很多血，側腹的傷口卻似乎不大。話雖如此，但當然不能置之不理。都成這樣的狀況了，目前情況還不允許幫她的傷勢做緊急處理這點，令他焦躁不已。

不管怎麼說，對方都應該察覺到了。他想著。

他沒辦法全程只挑攝影機拍不到的死角移動。為了打破沒被封鎖的休息區窗戶逃出去，無論如何都不得不在一支監視器前暴露行蹤。雖然好歹有遮住臉，但就某種意義上反而留給對方有個內行的不明人士闖進來了的資訊。

必須趕快逃走才行。

雨勢成了強力的夥伴，為逃離者隱藏形跡、消除聲響。宗史抱著沙希未，掩人耳目地與研究大樓拉開距離。

他躲在陰影處，拿出智慧型手機。

縱使有防水功能，潮濕的螢幕仍如他預期地觸控不良。他費了九牛二虎之力才打給「話癆」。

『你在幹什麼啊，江間先生？你是認真的嗎？』

自己在哪裡幹些什麼，似乎從頭到尾都被看得一清二楚。宗史劈頭就被罵了。

「啊……說起來，我對自己的認真(那玩意)可能沒什麼自信吧？」

『真是的。你還活著嗎？沒大礙？』

「目前勉強還行，但是一小時之後就不得而知了。我被梧桐察覺了。」

感覺在電話另一側的對方已啞口無言。

「所以我想拜託你——」

『啊啊啊實在是！真拿你這個人沒辦法！』

對方發出像是豁出去……不，是逼自己豁出去的吼聲。

『從那邊的話……嗯，你往深路三丁目方向移動，那裡剛好有個沒在用的庇護所，你暫時先在那裡避風頭看情況，拜託嘍！』

幾乎就在同一時間，對方傳來大樓的地址、外觀，以及鑰匙的保管處等資訊。

「感謝幫忙，真的幫了我大忙。不過有件事想順便問一下。」

『什麼？』

「那裡也能帶女孩子進去嗎？」

『…………』

對方沉默了許久後——

『咦？到底是什麼狀況？』

以低沉的聲調如此反問。

（4）

宗史打開門鎖，進入指定的房間。

內部格局是鋪著木地板的一房一廳。由於幾乎沒什麼家具擺設，看起來比實際占地面積來得寬敞。房內似乎有股淡淡的塵埃味，是因為隔了一段時間都無人出入嗎？

他約略環顧房內，確認目光所及之處沒有異常，接著把手伸向窗戶，想讓空氣流通，卻又立刻縮了回去。畢竟是非常時期，還是小心為上。

他拉上窗簾，打開電燈。

「抱歉了。」

他想檢查沙希未的傷勢，一面小聲地道著歉，一面掀起她的衣服。在穩定的光源下看去，沙希未的側腹理所當然地被血給染紅了。

而在血跡之下——

「……嗯？」

沒有發現傷口。

他以毛巾擦除血漬，露出白皙的肌膚。

側腹，具體而言是在腹外斜肌下方的部分，自鼠蹊部往上距離肚臍周邊很近的肌肉。從血跡擴散的方向來看，這附近應該會有數公分長的裂傷才對，他卻毫無所獲，只依稀可見感覺像是有內出血的淡紫色痕跡。

他以指尖輕撫她的肌膚。

這是什麼啊？他想著。總覺得有點奇怪，感覺似乎有那麼一點……硬。

他滑動手指，觸摸她的腹部，很軟。接著再度將手指移回側腹，果然是硬的。然而這種感覺與發炎或肌肉緊繃好像又有點不同。

「嗚……」

沙希未微微地發出痛苦的聲音。宗史回過神來，慌張地移開手指。

雖然有些地方尚無法理解，但如果沒有受傷就再好不過了。

說不定受傷的是她的父親吧。女兒抓著他的遺體時沾到了血，宗史當下一時慌張而看錯之類的。儘管這種想法十分牽強，然而實際上就是找不到傷口，因此他也只能不再深究。

宗史把手貼在沙希未的額頭上。她發燒了。

想必無論精神抑或肉體都已經筋疲力竭了吧。總之暫且將傷口的事擱在一邊，得讓她早點休息才行。

先忘了對方是個年輕女性這回事吧。他抓起幾條浴巾，為失去意識的沙希未擦拭全身，接著褪去她的衣物，換上放在衣櫃裡的新運動衫。

然後讓她躺在臥室床上。

宗史在廚房的架上四處尋找，發現了常備醫藥箱。他從中取出口服退燒藥，連同一杯水拿回臥室。

「……老……」

能聽見她的聲音。

他看到沙希未舉起手，正往自己的方向伸來。

她恢復意識了嗎？宗史一顆懸著的心總算放了下來。

「…………江間……老……師……」

「嗯。」

即使看似奄奄一息，她依舊呼喚著宗史。

「我在這裡喔。沒事了。」

他握住她的手，如此說道。

「求求……您……」

「嗯。」

「救……救…………」

「嗯，我會的。」

宗史用力點頭，向她承諾。

他一開始本來就是這麼打算的，毫不猶豫。

「我一定會幫助妳，放心吧。」

沙希未微微勾起唇角，看似還打算繼續說些什麼——

卻閉上了眼。

然後就這樣再度陷入沉睡。

「小沙希未？」

即使喊她也沒有回應。

呼吸很淺卻很安穩。宗史將拿來的退燒藥放在床邊的桌上。此刻最重要的是讓她的身心好好休息吧。

「晚安。」

他步出房間。

◇

牆上類比時鐘的指針來到了九點。

對講機的鈴聲響得刺耳。

宗史看了看螢幕，確認來者何人。只見對方染著一頭銀色頭髮、肌膚曬成淺小麥色、戴著深色太陽眼鏡，還穿著花俏的襯衫，脖子上掛著無數鋃鐺作響的鎖鏈類飾品。他正露出一口白牙，笑得輕佻。

『嗨，是我啦！我帶慰勞品來探望你們了，讓我進去吧。』

熟悉的臉、熟悉的聲音。宗史開了門。

「還真猛耶！不愧是江間先生，有夠猛的！」

那個男人——篠木孝太郎詞窮般地直呼著「好猛」。

戲謔的口吻正是方才在電話裡所聽到「話撈」的說話方式。

他與各路人士交流，接受各種洽談，有時也會仲介各色人士，並從中獲取報酬以維持生計。綜上所述，是以這男人自稱「話撈」。雖說性格並非特別討人喜歡，然而或許是手段高明，真正討厭他的人其實沒幾個，因此他的人脈儘管不是那麼深入，卻遍及各處。

「這世道真的將女高中生給撿回家的人可不多嘍？再怎麼說都得冒著犯罪的風險。你不怕刑法第224條（註：日本刑法第224條規定「擄走或誘拐未成年人者，處三個月以上七年以下有期徒刑）之類的嗎？我很怕耶。」

「看來你似乎誤會了很多事。」

該從哪個誤會開始解釋起好呢？宗史略微思考了一下，說：

「那女孩不是高中生喔，好像已經上大學了。」

不小心偏離重點了。

「這樣啊～～嗯～～雖然算是小事，但就分類來說這部分很重要呢。以成年男性的觀點來看，高中生和大學生之間有一座高牆。果然是那個吧！青春氣息在考完大學考試後就會一口氣消失殆盡，對於想和年輕人一起奪回青春的大叔來說，大學生做不到呢！」

「我有點聽不懂你在說什麼。」

「況且在現實中裡下手的話就是犯罪這點也是關鍵，畢竟悖德感同樣是很重要的調味料嘛。無關乎實際上會怎麼被定罪，總之會形成共犯關係，這算是重點呢。倘若彼此都是大人，就只能說是同居而已。該怎麼說呢？感覺會很有新鮮感耶。」

「可以的話，我想差不多該回到現實話題了。」

「需要我推薦幾本書給你嗎？」

「不需要。」

宗史輕輕擺手。

「談正事吧。目前梧桐他們的動態如何？」

「那樣浩大的任務正如火如荼地進行中，目前看來依舊著重在那邊呢。」

我想也是。宗史暗忖。

像燒燬研究大樓那種荒唐草率的蓄意破壞行為，只能建立在委託人的強力庇護下。防災系統的異常、不自然的起火及蔓延，一旦日後警方著手調查，想必會出現很多破綻，所以必須以該處為最先進的研究場域等為由，阻撓搜索工作進行。而在撤出以前，同樣非得盡可能處理掉那些顯而易見的證據不可。

就算看到可疑的人影，也沒辦法分出餘力追蹤吧。

「我過來這裡時也沒有察覺什麼不對勁，暫且放心吧。但我想只要一有時間，他們馬上就會開始搜查，四處尋找你這個出現在火災現場的不明間諜。」

「也是呢。」

這是合情合理的推測，宗史想著。

研究大樓燒起來了，當中進行的研究伴隨著熊熊大火灰飛煙滅，而梧桐他們的工作就此告一段落——事情可不會這樣進展。

有個傢伙看似刻意衝進燒起來的研究大樓，況且好像具備入侵研究機構的方法與技術。那麼梧桐等人所能推論出的其中一種假設，便是「研究資料被帶出去了」。他的委託人不惜摧毀一個研究機構也想要阻止那項研究，想必不會樂見發生這種事，沒理由不派追兵。

（我的確是帶出來了沒錯。）

宗史的褲袋裡有個ＵＳＢ隨身碟，似乎是從現場救出沙希未時，她差點遺落的東西。

「哎，話先說在前頭，我想你還是早點放棄那女孩比較好喔。」

我想也是。宗史暗自附和。這是相當合理的判斷。

「要是小公司內鬥也就算了，但她與對方不惜縱火也想毀掉的研究有關吧？風險過大，且幾乎沒有回報。『只協助主動求援的對象，並索取相對應的報酬』是你的行事準則吧？我不認為她付得出符合這種情況的對應金額。」

「你說的是沒錯。」

宗史搖了搖頭。

「……確實是這樣沒錯。我到底在做什麼啊？……可是……」

「我懂，你不想見死不救，對吧？這樣不是很好嗎？有時想法轉個彎，對行事準則也比較好喔。」

孝太郎說了些讓人聽不懂的話，聳了聳肩。

「只是覺得有必要先提醒你一下。我可沒那個立場對江間先生的『無法見死不救』說三道四喔。」

「是這樣嗎？」

「對啦。真是的。」

孝太郎環顧房內，說：

「看來最好以你的身分已經曝光為前提行動。目前你們兩個靜靜地待在這邊應該比較好。」

「哎，的確如此。現在就接近自家也未免太過樂觀──呃，我們兩個？」

「你們兩個。」

這是當然的。被梧桐追殺的理由包含了自己和沙希未，之所以需要藏匿也是如此。

「……這樣啊……兩個人嗎？」

「嗯～～？怎麼？你很介意嗎？也對～～江間先生畢竟是個年輕男性嘛，一旦與可愛的女生同住一個屋簷下，對自制力就沒了自信嗎？」

「問題不在那裡。」

你懂吧？宗史微微地瞪了他一眼。

「哎呀，我懂啦。」

孝太郎斂起輕浮的笑容，露出略顯尷尬的神情。

「但沒辦法另外把她藏起來吧。即使江間先生再怎麼想獨處，在這種情況下也是沒辦法的事。」

「這倒是。」

宗史重重地嘆了口氣。

對他來說，獨處是相對迫切的願望。然而想也知道眼下最重要的事情是什麼。

「這裡準備了閉門不出的基本物資，不過要是同居生活一長，多半會需要補充吧。我會請信得過的熟人來為你們補給，需要什麼儘管說。」

「承蒙關照。這樣怎麼算？」

「好說好說。之後我會統整在請款單上唷。」

孝太郎嘻嘻笑著。

他搖晃肩膀，飾品微微鋃鐺作響。

「我啊，從以前到現在都很尊敬江間先生呢。『只協助主動求援的對象，並索取相對應的報酬。』那條準則也一樣，等於是能在收到求助之際預期對等報酬，並在範圍內協助對方嘛。再加上——」

孝太郎頓了頓，繼續說。

「看似總是獨自包辦所有事情的孤狼玩家，這回居然特別找上我幫忙。與報酬無關，讓我很有幹勁喔！」

（5）

為什麼自己會過著這種人生呢？

江間宗史有時會思考起這個問題。

當然，他並非打從一開始就是這樣的人，至少六年前的他還只是個普通的大學生。儘管平凡，與其他人相比起來卻有些不諳世事，是個正義使者，況且有著過剩的行動力。他深信幫助有困難的人是正確的，並在做得到的範圍內實踐著。

當時的生活有些艱困。他接下補習班與家教等幾個兼職工作，幾名學生當中包含了真倉沙希未。當年她年僅十三歲，是名國中生。也就是說——雖然她的想法多少有些老成——終究還是個孩子。

六年。

見到沙希未之後，宗史才體會到這是一段很長的時間。十三歲的孩子已十九歲，成長得讓人都要認不出來了。

六年。

在這段孩子足以長成大人的時間裡，本來就是個成人的宗史卻墮落了。無法挽回的失敗日積月累，他變得稍微世故了些，在人際上則顯得畏怯。他磨練著無法在人前抬頭挺胸的技術、經驗，以及成績，選擇在暗處活了下來。

成了一個與過去的自己判若兩人的人。

◇

臥室裡——

被套上俗氣紅色運動衫的真倉沙希未，正靜靜地沉睡著。燒似乎退了。宗史放下心來。

「…………」

他再次意識到她是個漂亮的女孩。

不只是容貌。像這樣靜靜地看著她，與兩人重逢當下的印象截然不同。該說是晶瑩剔透，還是虛幻飄渺？總覺得她散發著難以碰觸的奇妙氛圍。

看著她的臉龐，他失神地想起方才發生的事。

「……『江間老師』啊……」

她一如六年前地呼喚宗史，相信現在的他與六年前的江間宗史所延伸出來的是同一個人，與他交流。

或許正是因為這樣吧。

到底是什麼扭曲了眼下他所奉行的圭臬？即使深知不該這麼做，他卻又為何往火坑裡跳，介入梧桐這種根本只能說是災難的案子，甚至不惜想讓沙希未活下去？全部的原因都在於——

她還記得過去的宗史，令他很開心而不想失去她。就只是這樣而已。

「我果然是個傻子啊……」

他喃喃自嘲，感覺卻不差。

在夜燈微弱的光線下，沙希未的睫毛微微輕顫。

她緩緩睜開雙眼。

啊，她恢復意識了。宗史想著。

他放下心中的大石頭，神情也隨之舒緩。

「小沙希未。」

喊了她的名字之後，他才發覺這或許不太妙。

如今的她已經是個大人了，像六年前國中時期那樣喊，不就等於還是把人家當成小孩子嗎？

不，呃，算了，也只能將錯就錯，畢竟事到如今都已經連喊了這麼多次。不然等等再問她本人覺得如何好了。

「啊——呃……」

宗史一面思考，一面組織自己的話語。

「目前的情況演變得有點複雜。雖然妳可能相當混亂，但首先我希望妳可以冷靜下來聽我說——」

那雙透著藍色的黑眸只轉動瞳孔，望向宗史。

就這樣停頓了數秒。

接著，她只憑藉腰部的力量，緩緩地支起上半身。

「——小沙希未？」

她轉動脖子，正面捕捉宗史的模樣。

宛如一尊球體關節人偶依序操作著可動部分般，動著自己的身體。再怎麼遲鈍也能察覺到不對勁。

「沙……」

應該是錯覺吧！宗史在內心呼喊著。目前她會這樣只是因為才剛睡醒，意識有些朦朧，再加上衝擊太大，仍陷入混亂當中，想必很快就能恢復了。

冷汗沿著臉頰滑落。

「妳有哪裡不舒服嗎？」

「…………」

沒有回應。

豈止如此，甚至連一點反應都沒有。

表情動也不動，眼神也沒有聚焦，簡直就像個真正的人偶。

「妳該不會意識還不是很清楚？再睡一下如何？」

宗史暗自祈禱她能點個頭。

他很想將這種情況歸因於淺顯易懂的現實。

卻怎樣也辦不到。若要說服自己是現實因素造成的變化，眼前女孩的這副模樣也未免過於脫離現實了。

方才他才對少女散發的氛圍下了「難以碰觸」的評價，為何當時沒有發現？正如字面所示，那種氣息明明不是人類所能擁有的。

泛著金色的長髮飄搖，如雪般白皙的肌膚冰涼得無以復加，淺珍珠色的嘴唇微微顫抖，藍黑色瞳眸空洞地望著他，妖冶而如夢似幻。

眼前的這個真的是人類嗎？就連這麼簡單的問題，他都無法回答。

「妳……究竟是……」

宗史嚥下湧現口中的苦澀唾液，問道。

「妳……是什麼？」

隔了數秒，也可能是幾分鐘後——

她的薄唇緩緩地張開了。

「尼、你——」

彷彿在耳邊呢喃般微弱的聲音。

這想必不是故意要表現得親密之類的。總之看起來是因為她不知道確切發聲的方法，於是不帶任何意圖地發出了這樣的聲音。

「窩——我——是——」

她的眼睛眨也不眨，渙散的眼神只是直直地盯著宗史。

「我……是——什麼——？」

她輕聲吐出的這句話看似完全答非所問，卻同時是個最為明確的答案。

第二日：

day：2

我有時會這麼想。
實際上，眼前所見的整個世界
都是以膠合板與草人建構的。
是否只有我一人對此毫無所知，
在這滑稽偶劇當中活著？

——早良和泉《紡線之城》

她尚無名

（1）

宗史打開向孝太郎借來的筆記型電腦。

電腦裡已具備相當堅固的沙盒(sandbox)（註：為一種安全機制，為執行中的程式提供隔離環境）。他插入ＵＳＢ隨身碟。儘管姑且設置了要求使用者輸入簡單密碼的措施，然而光是以蠻力攻擊(暴力破解)（註：為一種密碼的分析方法，主要透過程式逐一測試可能的密碼，直到找出真正的為止）就能輕易破解，可說是相當單純。他執行了工具程式，不到兩秒就解開密碼。

宗史在列出的幾個檔案中點開了命名為「簡易報告」的檔案，這恐怕就是理應提交給公司上層的報告吧。附著簡易研究數據的各項研究報告一覽無遺。

「喂喂喂喂……」

正是為了毀掉這份研究，研究大樓才會被燒燬。更害得真倉健吾死去、真倉沙希未昏迷，自己還被梧桐給盯上。

昨晚沙希未便是帶著這個，也極可能是她造訪研究大樓的原因——為了送「爸爸忘記帶的東西」。儘管宗史當下聽到她講的時候就嚇了一跳，但現在知道裡頭其實存著這種資料，更讓人震驚不已。

防護軟體理所當然般地毫無動靜，完全看不出有夾帶病毒的攻擊性程式要運作的跡象。總覺得這東西連誘餌都稱不上，似乎真的只是機密文件。

「居然把這樣的東西帶回家嗎……」

感覺頭都要痛了起來。哎，事到如今，就算再怎麼感嘆該處的保全措施鬆散過頭也無濟於事。而他目前也沒有能耗費在這種事上的時間。

他重新轉換心情，瀏覽資料內容。

『我……是——什麼——？』

方才組織出那麼一句話後，真倉沙希未——至少在昨天傍晚以前還是——看似痛苦地蹙起眉頭，昏厥過去。

燒已經退了。

宗史呆望著她的睡臉片刻，並在回過神後為了掌握事情現況，立刻展開行動。

他當然無法輕易接受直覺傳來的結論——「她已經不是原本的沙希未了」，那只不過是根據自己接收到的第一印象歸納而成的，該說是太過荒誕不經，抑或脫離現實？倒不如把這種行為歸因於暫時性的記憶混亂還比較恰當，或者說是唯一切實的解釋。

為此，他必須尋求能證實此論點的線索。

「……來歷不明的神祕肉片。」

宗史並非專精於生物領域，只得跳過專業的論述，瀏覽看得懂的部分。即使如此，他仍獲得了許多情報。

「高爾．媧達耶……幽靈的心臟（高爾．媧達耶）？」

總覺得這東西被取了個奇怪的名字。他繼續讀下去。

據說它擁有類似萬能細胞的特質。

據說它會努力融入其他生物的細胞，與之融合，成為當中的一部分。

原來如此，看似的確具備商業價值。話說回來，上頭寫的幾乎都是科幻電影當中會出現的情節。假設能夠實現，想必也會賦予人類的未來巨大影響吧。

某個老派科幻作家曾說過：「既是人類想像能及之事，理當有人能將其實現——」倘若此話屬實，公司期待它接下來能成為主力商品也好，被專務派系人士視作危險而加以擊潰也罷，全都可以理解。

「是那個東西嗎？」

宗史回想起在C實驗室發現的淡紅色不明生物。原本若是能研究得透徹，想必會肩負起人類的未來，如今卻可能全數化為灰燼了。

「……以大鼠做實驗是成功的，並在之後的智力測試上出現變化……」

知道他們將實驗大鼠取名為「阿爾吉儂」，他輕輕地笑了出來。就這樣了無新意地直接借用世界上最為人知的實驗大鼠名字，也未免馬虎過頭了吧？他想著。

他繼續往下讀。阿爾吉儂這隻有問題的大鼠，在後來的智力測驗中交出漂亮的成績單。雖說也有研究人員認為這純粹只是腦力提升而已，寫下這份報告的真倉本人卻似乎對此抱持懷疑的態度。他認為重點並不在於牠聰明或愚昧，而是這隻被稱為鼠類(大鼠)的生物，看起來下了不符合此物種應有的判斷。

——這樣的生物，真的還能稱之為實驗大鼠嗎？

恐怕是忘了刪除的備忘錄上，甚至潦草地寫著這麼一句話。

（啊……）

所要尋找的答案，就在這裡。感到絕望的宗史仰頭嘆息。

看來真倉健吾懷抱著這份恐懼是正確的。

阿爾吉儂接收了那個叫高爾某某的謎團細胞，成為一隻再也不同於以往的實驗大鼠。

而接收了相同細胞的真倉沙希未，似乎也變成與之前的真倉沙希未不同的生物了。

他曾聽過「細胞記憶」這個詞彙。

指的是當內臟——好比眼球、肝臟、心臟等器官被移植到其他個體上時，原持有者的記憶或情感會遺留在器官上，進而影響這名接收者的一種現象。他也看過幾部這種題材的虛構故事。

但是說到底，那只是個架空的概念。

現實世界照理說是不可能發生這種事的。

的確也有不少像這樣的案例曾被提出，但是醫學上都把它們當作錯覺之類的現象。他們認為只是在非器官移植不可，或是即將進行移植等情境下產生的心理壓力，讓當事人湧現這種感覺罷了。

宗史從筆記型電腦上抬起頭。

他看見陽光自窗簾的縫隙中照射進來。

早上了。

◇

宗史打開臥室房門。「沙希未」沐浴著透入窗簾的陽光，面無表情地在床上撐起上半身。

或許是察覺到有人來了，她看向這裡。

一如昨晚，給人宛如人偶的印象。

宗史對於該如何與她應對有些不知所措。

「……妳聽得到我的聲音嗎？」

他隔著一段距離詢問她。

「是的。」

女孩的頸部緩緩上下晃動。

「妳聽得懂我說的話呢。」

「是的。」

居然能與未知的生命體溝通……哎，這種體驗根本已經是科幻情節了吧。

「妳不是小沙希未，對吧？」

他等了一會兒。

沒有回應。

「關於自己，妳能想起什麼來嗎？」

對方沉默不語。沒辦法回答嗎?宗史暗忖。

就這樣過了片刻。正當宗史打算拋出下一個問題之際,女孩開口了。

「我沒辦法區別。」

「意思是……」

語彙量很少的她到底想說些什麼呢?要心領神會可不容易。

宗史思考著。

倘若以剛才的回答來解讀——她似乎無法判別自己腦中的知識是「想起來的」,或是依循別種途徑浮現的。

所謂的「回想起來」,是針對自身記憶運用的詞語。而沙希未與**並非沙希未的某個存在**,不同主體間的記憶混雜交織,難以使用這個詞。應該是這樣吧。

「我——」

披著少女外觀的存在,喃喃問道。

「所謂的我……是……什麼?」

乍聽之下根本就像是青春期的迷茫。

然而眼下聽到這樣的問題,只覺得既沉重又錯綜複雜。

「……與剛才相比,妳的話說得更順暢了呢。」

她面無表情，像是略作沉思。

「在這裡……」

接著輕輕握拳，按在自己的胸前。

「我正一點一滴地借用著**沙希未**。」

「妳也能讀取宿主的記憶嗎？」

「若是……一點一滴的話。」

宗史思索著。

一般而言，人類的記憶理應收納在腦內，而思考時也會使用到腦部。在沙希未體內的這傢伙恐怕是借用她的大腦來進行思考。然而借來的腦終究是借來的，沒辦法像持有者一樣地運用它。

具體來說，就是無法使用將無數記憶相互連接起來的突觸（註：即神經元與神經元的相接處，細胞間的訊息能經由突觸傳遞）這類。必須逐一確認記憶的存在，耗費精力與時間提取，否則無法接觸到各個項目。

真要形容起來，就像是抱著巨大的百科全書吧。儘管知識的確存在，卻必須一頁一頁翻開才能讀取。

一旦讀取，或許就能把它當成自己的所有物。隨著時間推移，這傢伙便會將真倉沙希未的知識及經驗化為己用。

「從沙希未的記憶中，我學習到了人類的**心**。雖然還沒形成？還沒完成？但……我正在……模仿。」

（喔，是從那裡開始模仿起啊？）

非人存在並未具備獨立的人類精神構造，說起來的確合理。儘管想要模仿卻做不到。然而若是在可以支配人類身體的情況下，或許就有可能模仿。

「妳的目的是什麼？是打算就這樣完全支配那副身體之類的嗎？」

宗史認為這樣很危險。

只需要經過一段時間，她就會習慣沙希未的記憶。假使這番推論沒錯，屆時她也能作為沙希未行動，完全不會被周圍的人察覺，甚至能奪走沙希未的整個人生。

「我——」

女孩的唇囁嚅著，看似怯弱地吐露答案。

「不知道。我……不了解……自己。」

言外之意是她連本身的目的都不知道。

哎——原來如此，宗史想著。

追問一個才剛首度發現何謂「自己」的存在未來有什麼打算，根本毫無意義。

（真是的，搞什麼啦！這種事態發展……）

無論如何，此時此刻再繼續問下去，似乎也沒什麼意義。

宗史歸納出這個結論後，疲勞便一口氣湧上全身。這也是當然的。他從昨天開始就東奔西走、淋著大雨、抱頭苦思，最終迎來了眼下的早晨。而這段時間裡他粒米未進。宗史可不是鐵打般的超人。

他想吃點東西果腹，於是站了起來。

這個房間本來就是準備給意外長期滯留的人士的，因此儲放了符合需求的日用品。儘管稱不上色香味俱全，然而現在也不是能挑三揀四的時候。他想了想，從牆邊瓦楞紙箱裡取出幾瓶運動飲料與能量凍飲。

一番思忖後，他說道：

「妳也先吃點吧。畢竟不能讓那副身體衰弱下去。」

說完，他扔了一包過去給她。

說實話，他不知道她目前的身體能否進食，卻也不能因為擔心風險而讓她持續不吃不喝，因此他打算先給予應該不會對消化器官造成太大負擔的東西，再觀察後續情況。

「吃——東西——」

「就是為了維持身體狀態，經口攝取營養。」

宗史不小心講得有些刁難。不過女孩的心情當然並未因此受到影響，只是愣愣地盯著能量凍飲。

「———吃……東西———？」

她微微歪了頭。

以指尖碰著外包裝。

又壓又摸又揉。

也碰了塑膠栓口，壓進去，還試著帶節奏感地敲了敲。

試了好一陣子，她終於發現瓶栓可以轉開，或者該說是她總算挖出沙希未腦中的知識了吧？總之隨著瓶栓轉開，裡面的東西也灑了出來。

盯了好一會後，她開始用舌尖一點一點地舔了起來。

就像是隻小動物———宗史想著。

瞬間湧現這種想法後，他的表情旋即凍結。

她的舉動看起來就跟倉鼠一類的生物同樣可愛。

因此，他竟對她產生了好感。

明明在眼前的是個怪物，非人卻擁有超越人類的智慧，是奪取真倉沙希未身軀的害獸，就算對其懷著戒心也不過分，宗史是這樣理解的。話雖如此，光是看見對方做出一些惹人憐

愛的舉動，他的敵意便降低了。

（開什麼玩笑啊？）

他站了起來。

實在無法繼續忍受這種情況。

非得盡快採取行動不可——這樣的念頭強迫驅使宗史疲憊不堪的身軀。

「——吃東西——」

女孩小聲地一面自言自語，能量凍飲離開了嘴邊。她望向宗史。而他看似要擺脫女孩的視線，走出房間。

（2）

『要帶她去看醫生？喂喂也太朝令夕改了吧，你認真的嗎？』

不出所料，孝太郎嚇了一跳。

「認真的。事情有點複雜，詳細情況之後再談，不過事態緊急，因此我想知道目前梧桐的動態如何？」

『啊……』

他看似含糊其辭地頓了一下，隨即說道：

『目前還行，沒有大張旗鼓地像是在找人的動靜。然而就算在這種情況之下，依舊不能輕忽喔？』

「我知道。且戰且走、見招拆招吧。」

『與其見招拆招……按兵不動才是最上策吧……啊真是的。』

像是要拋開什麼似的，孝太郎卯足勁地說：

『好歹別用走的或搭電車。我現在開車過去，詳細情況路上再聽你說。』

說完，他便逕自掛了電話。

啊，的確，還有開車這招呢。宗史心想。他方才就是焦急得無法想到這麼簡單的事。

「……你真的幫了我很大的忙呢……各方面都是。」

他朝智慧型手機鞠了個躬，但回應他的當然只有嘟——嘟——的掛斷提示聲。

◇

門崎外科醫院位在距離車站相當遙遠的商業區邊陲地帶。

設備齊全，醫生的醫術也沒有不好。然而或許是因為地處偏遠，幾乎不會有一般的病患上門看診——相對地卻來了許多不一般的客人。

在這裡，只要顧客有需求，院方在診療過程中既不會探究傷病況的緣由，也不會留下任何紀錄。當然，這裡不適用保險，也無法使用正當管道取得的藥品，自然需要付上一筆封口費嘍——是以費用相當驚人。但對於懷著苦衷，說什麼都無法讓普通醫生看診的人而言，有這樣的地方只能心懷感激。

「也就是俗稱的密醫吧。」宗史曾無心地隨口發表意見。然而——

『說話給我客氣點喔，再講我就踹過去了。』

一臉不悅的女醫師邊罵邊真的狠狠往宗史的屁股一腳踹去。

「你今天又帶來了令人相當頭痛的患者呢。」

那名女醫師看似傻眼卻又感佩地發著牢騷，口氣顯得有些微妙。

這樣的事態，居然被她以「令人頭痛」一詞輕輕帶過。

「感謝妳，幫了我大忙。」

宗史在帽子與太陽眼鏡——算是最低限度的變裝配備——的遮掩下向對方致謝。

「哼！」

年邁的女醫師嗤之以鼻，攏起頭髮。

醫師看起來已年近七十，不過腰桿直挺、姿態端正，身高比宗史高出將近一個拳頭，因此未顯老態，但遍布臉上的深邃皺紋及一頭白色長髮則與她的年紀相符。簡直就像童話故事裡的邪惡魔女——事實上，宗史早已看過無數發表這樣的感想後就哭出來的孩子。

「你也是老樣子，臉色很差呢。有好好睡覺嗎？」

至少昨天一整晚沒睡。但對方所說的差應該不光是指一個晚上的程度吧。

「最近作了點惡夢。」

「你有作過一次好夢嗎？這樣不用多久，你就會死掉喔。」

「我的事怎樣都好。那女孩才是重點。」

「我知道啦。」

宗史接過年邁女醫遞來的信封袋，仔細確認內容物。

裡頭放著一張X光片。

「這是……」

即使是外行人也能明白這張影像的奇怪之處。

白色的影子。

儘管它顏色不深，要不是一開始就認為那邊應該不正常，很容易就會被忽略了。然而它體積不小，以左側腹為中心，宛如菌絲深深紮根延伸般地拓展。

不明異物正大肆侵蝕著身體。

「它的X光吸收率接近實質上的器官，卻又有點不同，因此勉強能顯現在X光片上。令人吃驚的是除了一部分的微血管外，分布在這個影子所在位置的血管和神經毫無異常，也沒有產生像是排斥反應的跡象。以人工器官的類型來說，優異得令人難以置信。」

他心不在焉地聽著她解說，裡頭沒有新的資訊。

「我想問的是，可以把它取出來嗎？」

「不可能。」

她馬上回答。

「光是看X光片就能了解吧？沒人被挖空那麼大範圍的肌肉及內臟後還能存活，更沒辦法以一般的醫學技術保住她的生命。說起來即使目前情況穩定，也不知道可以持續到何時，就算她明天溶解成一攤黏呼呼的黏液也不足為奇。」

「請想想辦法。」

「與其求我，還不如去拜神之類的比較實在。」

她輕輕擺了擺手。

「說起來，『一塊肉上有著人格』這種事乍聽根本令人難以置信。倘若是一個新的人格以這個白色的存在為契機誕生之類的情況，縱使將其取出，新的人格仍會留在這副軀體裡吧。」

關於這點……應該是這樣沒錯吧。

「欸——」

女醫師突然略微壓低聲音說道：

「我好心認真地提醒你，接下來要是沒有靠山就太危險了。」

她以手掌制止作勢要反駁的宗史。

「毫無背景的你，該不會真的打算獨自正面插手企業的鬥爭吧？連自己在做的事多危險都不知道的蠢蛋是活不久的。說來你也不是這種人吧？」

對方所言甚是，本來的確是這樣沒錯。

「看是要拜託經營研究機構的那派勢力，或是將她轉交給發動攻擊的那方吧。假設兩邊都不想選，或許可以找個信得過的組織加入？至少像你現在這樣持續藏身，是不會讓局勢有所進展的。」

完全就是這麼一回事。然而——

「沒辦法。對於似乎能優先拯救小沙希未的組織，我實在沒什麼頭緒。」

「既然如此，你就該放棄這女孩。」

唉，真是的。

繼昨天孝太郎所說的，這也是一番相去無幾的合理論調。

他能明白。無論是誰怎麼想，理所當然地都會得出這樣的結論。而自己正是因為無法理所當然地這麼做，才會屢屢遭受指謫。

為什麼自己會過著這種人生呢？

江間宗史有時會思考起這個問題。

答案顯而易見。

他並非一開始就是這種人。六年前的他是個普通的大學生，深信幫助有困難的人是正確的，也身體力行。

因此，他失去了一切。

人生境遇一落千丈後，他習得了入侵、竊取一類的技巧，並活用作為謀生之道。他背向太陽，朝著幽暗匍匐而去。

或許該索性改變長相與姓名，過上另一種人生才對。沒錯，宗史曾想過好幾次，也有人勸他這麼做，但他無法下定決心。江間宗史的人生照理說早在許久以前就失去了，他卻被殘跡給緊緊地攫住，想著自己之為自己，是否仍有什麼能做的。因此——

……今天的他依舊問著自己，為什麼會過著這種人生呢？

「我呢，認為你目前的生存方式勉強算是在及格邊緣。『只協助主動求援的對象，並索取相對應的報酬』，這可是你為了生存而劃出的重要界線喔。連這點都沒辦法遵守的話，笨拙如你，人生會過得很苦呢。」

「……或許吧。」

宗史只能重複著同樣的話。

「我總是無法從過去的失敗學到教訓，真的很蠢……即使如此，我依舊沒辦法對她見死不救。」

這麼說著的他只能曖昧一笑。

「根本就是我的自我滿足罷了。很抱歉，老是要妳配合我。」

「…………」

聞言，女醫師沉默了片刻，直盯著宗史的眼睛。不過——

「哎，說的也是～呢。那麼這話題就到此為止。」

她率性地做了結論，拍了拍手。

連這點都和孝太郎一模一樣，指出問題、提出忠告，最後選擇尊重宗史的意願。

「關於那個東西，我能講的只有兩點。就肉體來說，她是個健康的人。視她為近似一般人類的存在，照料她的吃喝穿睡吧。」

「近似？」

宗史顯得有些沮喪，無力地問道。

「畢竟代謝方式似乎與人類不同嘛。那東西保留了本質，模擬成人類的細胞，多少也會消耗能量才對。所以呢，食慾會顯得比較旺盛吧。」

「喔……」

他點了點頭，姑且又問：

「會發生每晚都跑出去吃人之類的事嗎？」

「還真像是80年代的電影構想呢。你幾歲啊？」

現在也能透過網路觀賞以前的電影，電影的上映年代與觀眾的世代不見得會一致吧——儘管反射性地想這樣反駁對方，宗史終究還是把話給吞了回去。畢竟他喜歡看老電影的事實不會改變。說起來這話題也扯太遠了。

「哎，如果只是想攝取所需的營養，應該沒有得把人給這樣那樣的必要性，人類的胃消化效率也差。當然，我不會斷言絕不可能。」

的確，這終究是對不明存在提出假設，一般而言給不出什麼保證。倒不如說光是能提出這樣的假設就很驚人了。

「……另一點呢？」

「嗯？」

「妳剛剛說『能講的只有兩點』吧？另一點是什麼？」

「啊，那個啊……」

耳邊傳來了開門聲。

宗史抬頭向門望去，映入眼簾的是穿著護理師制服的女性，以及另一名被人拉著手，戰戰兢兢地走來，身著連身裙的女性——

（——咦？）

「就是要叫你別帶著只套了件運動衫、底下全裸、穿著詭異的妙齡女子東奔西跑啦！要是碰到警察盤查怎麼辦？」

「她穿我的便服尺寸剛剛好呢。」

穿著護理師制服的女性，看似得意洋洋地抬頭挺胸道。

「換洗衣物我也精心挑選過了，等等會送去。呃，費用可以請款吧，奶奶？」

「是啊，那邊的帥哥全都會買單的。」

「好～～的！那我會鼓足幹勁張羅齊全的。」

「嘿！」她擺出幹勁十足的動作……宗史卻沒有看到這一幕。

他正呆呆望著另一名女性。

一言以蔽之，那是套可愛的服裝。

感覺有些清涼的淺藍色連身裙，再罩了件萊姆綠的開襟毛衣，輕盈的淺色搭配完美地包裹著**女孩**似有若無的透明氛圍。

沒有華美的裝飾，整體而言相當樸素。但先前的運動衫造型當然同樣與裝飾什麼的無緣，昨天重逢之際她的穿著也很隨興。與之相比，眼下這種裝扮綜合了難以言喻的稚氣感，感覺比較適合她。

擺脫低調形象後的外表實在很可愛。

沒錯，非——常適合她。話雖如此……

「嗯？怎麼，看傻了？」

「呃，不是那樣的。」

宗史看向女醫師，表情略顯僵硬。

「該怎麼說，這完全就是個女孩子的模樣？」

「的確是個女孩喔？」

「是這樣……沒錯啦……」

他看似有些困惑。

由於她的身體是沙希未的，樣貌、姿態實際上就是個人類女孩。

渾身是血之際當然不用提，就連穿著運動衫時，宗史也認為那是緊急狀況下的服裝而沒有意識到，因此只是換了套女孩子氣的服裝，便讓他湧現異樣感而陷入混亂。

甚至差點降低了他對待在她身體裡的不明怪物的警戒心。

「雖然我知道你很介意，但還是別過於拘泥那東西不是人類的這件事比較好。」

女醫師湊到宗史耳邊悄聲道，彷彿看穿他內心所想。

「自我意識薄弱的她是個單純的孩子。雖然不是賽普勒斯島國王的故事，但她身邊的你若是不斷期望著怪物，總有一天她可能就會成為真正的怪物——為了回應你的期望。」

希臘神話裡的賽普勒斯島國王比馬龍，愛上了自己雕刻的女性塑像，視她為真正的人類。而女神見他如此痴情，便賦予雕像生命，使其成為貨真價實的人類。

當然，神話只是神話，不過人對人的期望的確會影響表現。這種現象便以這位國王命名（註：即比馬龍效應），成了教育心理學上的專有名詞。

「……我明白了。」

他將困惑化為一口氣嘆出。

「謝謝妳們幫她換衣服，很適合**小沙希未**。」

「嗯，哎呀，勉強算是及格吧。」

女醫師這麼表示，聳了聳肩。

（3）

一踏出醫院，熱氣瞬間籠罩全身。

「好熱……」

宗史不禁脫口而出。

回頭一看，緊跟在後的女孩依舊一臉迷茫，或許是對氣溫變化產生了某些感覺吧——說起來，他甚至不確定她有沒有注意到。

那副不食人間煙火的模樣，令他莫名煩躁。

「走這邊。」

宗史一邊催促她，一邊邁開步伐。

他感覺後面有人靜靜地跟了上來。

蟬鳴喧囂。即使知道夏天就是如此，內心的不耐卻漸漸膨脹。

孝太郎的車停在離這裡只需步行幾步路的地方。而他本人正在緊鄰車旁的吸菸區吞雲吐霧。原本正低頭盯著智慧型手機的他，很快就注意到兩人走近而抬頭，「哇喔！」微微開了口。

「真令人吃驚，是個美人耶。」

「別說了，快點開車吧。沒時間站著閒聊了。」

「說的也是。」

他啪地敲了敲額頭，把菸蒂按進隨身菸灰缸裡。

孝太郎車上的窗戶都貼著深色貼膜，只要坐上去便能降低被旁人盤問的風險。

「婆婆依舊厲害呢。即使帶了不明生物去，她也是面不改～～色地看診。」

聽了在診所裡的互動後，孝太郎如此感嘆著。

「虧我本來還期待她會大叫『這世上不存在科學無法解釋的東西——』再拿機關槍掃射之類的。」

「期待什麼啦？那樣的話我們就會被打成蜂窩了吧。」

「要是變成那種發展，你就靠愛的力量隨便想辦法讓她活下去嘍。」

「隨便是怎樣？還有別講什麼愛，我可沒那種想法。」

「咦～～人家都搖身一變成這樣的美女了，愛怎麼可能還沒萌芽咧？」

「美的是小沙希末，不是這傢伙吧。」

「身強體健的年輕男性下半身運作邏輯有別於理智，不是嗎？」

「才──」

宗史瞬間感覺腦袋裡的血液在上湧。

同時喘不上氣來。

他看似要暢通憋塞在喉嚨深處的氣息，做了個深呼吸。

「──才沒那回事呢。」

言外之意是「唯有那種事是不可能發生的」。

「抱歉。」

想必是發覺自己失言了吧，孝太郎的表情瞬間暗淡下來。

不過這樣的變化為時甚短。他旋即恢復一如往常的開朗，露出可疑的笑容。

「哎，即使如此，我還是相當擔心喔。」

「擔心什麼？」

「畢竟江間先生至今總是為了渣男而賭命行動嘛。」

他一邊露出沒什麼品味的賊笑，一邊說道。

「男人不是普遍都會懷著邪念，在心裡暗自選擇賭命奉獻的對象嗎？大前提是僅限美女或美少女。偶爾為了友情或俠義之類的感覺也不錯吧。」

「……你還真是突然搬出了相當極端的論點呢。」

「哎～～呀，這是普遍的論調吧？男人之所以成為英雄，就是為了女主角。很自然啦。」

孝太郎說得篤定。

「所以至今為止的江間先生絕對有哪根筋不對。無論是輕視世間的臭小子、聽不懂人話的肥老頭，還是不可一世的眼鏡瘦皮猴……你老是在幫助這種人呢。背負著根本不需要背的重擔，甚至感覺快死了。」

握著方向盤的他聳了聳肩。

「江間先生該不會有只把那種男人視為女主角的癖性吧？我一直都有那麼一～～點懷疑啦。」

「能解開你的誤會可真是再好不過。」

宗史低聲回答。

「真是的，無論哪個傢伙都是一個樣。」

「哇哈哈！」孝太郎看似笑得開心，一邊轉動方向盤。

車窗外的景色向後飛逝而去。

這個芳賀峰市有著令人高興不起來的歷史。那是在過去經濟泡沫化之際，突然發展大規模的觀光區建設計畫，夷平古老的木造房屋，濫建亮麗而嶄新的建築物。

好比說看得見海景的八層樓旅館、沿海街道上密密麻麻的時髦名產店、附設於水族館的鄉土資料館、給人南國印象的棕櫚科行道樹，以及理應進駐了好幾間知名餐廳的美食廣場。

因為如此，城市街道只有外觀是賞心悅目的。

儘管眼下已過了幾十年，不輸大型觀光區而整建的外觀多半都已風化老舊，卻仍看得出往昔風光。

順帶一提，那項「觀光業奮起」的計畫，理所當然地隨著泡沫經濟崩潰而煙消雲散了。原本預期聚集在城市街道上的喧鬧人群會多達千人，但實際上走動的人數根本不到百人。

恐怕是這個緣故吧，普通之至的平凡街景，偶爾也會令人感到空虛寂寥。

「話說回來，婆婆有沒有提到我？」

孝太郎一邊問著，一邊操作車上的音響設備。略有年代的經典夏日歌謠自揚聲器中流瀉而出。

「不，她什麼都沒說。怎麼，你還是不知道該怎麼跟她應對嗎？」

「該說是我不知道怎麼應對她，還是正好相反咧？人家可是把我當小強看喔，對待我的方式也完全就是在對付一隻小強，像是拿揉成團的報紙丟我，或是用噴霧劑噴我之類的。」

講到這裡，孝太郎甚至輕輕笑了出來。

「哎，畢竟是自作自受，這也沒辦法。」

「請節哀順變。」

「哇～～江間先生真體貼。能聽到你這麼說，就算其他人不認同我也無所謂嘍。」

嗯，好喔好喔。

孝太郎滔滔不絕的戲言泰半都成了耳邊風，宗史看著窗外——一片澄澈漸層的藍。隔著車窗的深色貼膜望去的這片天空正晴空萬里，令人不禁想問昨晚的那場大雨是怎麼回事。

突然感到靜得出奇的他看向後座。

即使一臉茫然，披著年輕女孩皮囊的**那玩意**仍明顯表現得興味盎然，看著窗外風景。便利商店、新成屋、住商大樓、定食餐館、公車站、其他的便利商店、郵筒、精神奕奕散著步的狗和飼主……她的目光追逐著一個個所見之物，眼睛滴溜溜地轉著。

儘管依舊摸不透她的情緒，但對窗外風景感興趣這點倒是看得出來。

既然這傢伙曾表示自己能讀取沙希未的記憶云云，顯然她尚未積累足夠的個人經驗，幾乎可以說就像嬰兒般缺乏相應的經歷。對她來說，這世上的一切事物都是她初次看見並接觸到的。

「對了，結果要叫她什麼啊？」

「什麼意思？」

「真倉家的小沙希未是這副軀體的名字，跟她要區別開來，對吧？所以得取個名字稱呼眼前的她才行。」

或許是察覺自己被提起，**那傢伙**收回看著窗外的風景的視線，轉而面向他們。

「……沒那種東西。」

「我說江間先生啊……」

「沒那個必要吧？畢竟也不至於造成困擾。」

「不不，怎麼想都很讓人困擾吧！你難道打算一直『喂』、『妳』地喊嗎？這根本就是只有昭和時代的老夫老妻才能容忍的情境了。」

「…………」

聞言，宗史感到有些抗拒。

他稍作思考，說道：

「那份研究資料裡提到，與這傢伙一樣被植入肉片的實驗用大鼠，似乎命名為阿爾吉儂。」

那是出自二十世紀中葉的小說，世上最聞名的實驗用大鼠之名。作品裡的牠透過腦部手術，獲得了——短暫的——高度智慧。而研究所裡的大鼠同樣透過外科手段（兩者能否相提並論暫且不提）提升了在智力測驗當中的成績，是以這樣的命名邏輯的確沒什麼問題，雖然感覺有點隨便。

宗史思考著。在同一個故事裡，還有個同樣接受了手術的青年。隨著智商增長，他知道了從前不知道的事、理解了未能理解的事、湧現了過去未知的心緒、忘卻往昔曾體會的情感，度過了一段彷彿成為他人的時光。

或許能借這青年的名字一用？他如此打算。

「哦，不錯耶！」

然而搶在宗史提議之前，孝太郎便開了口。

「阿爾吉儂，簡稱小阿爾？小儂？小安？聽起來很像外國人，字數多的這點也滿中二病的，很好啊。」

「不，我說啊……」

畢竟本來就是出自美國作家的作品，名字聽起來……應該說本來就是外國人的。而字數多也只是音素（註：語音中最小的單位）不共通的語言進行詞彙翻譯時常有的事。說到底——

「那是白老鼠的名字吧。」

「拿老鼠的名字來用不是挺好的嗎？不過如果是黑、藍、黃之類的或許不太好，白色就ＯＫ。欸，妳也這麼覺得吧？」

孝太郎戲謔地問向後座的她。

「…………」

後座的她一臉茫然地想著。

「阿爾……吉儂……」

她咀嚼吟味著這個詞彙。

「我……叫……阿爾吉儂嗎？」

她詢問宗史。

而宗史則顯得有些遲疑。

阿爾吉儂原本是男性的名字，語源記得應該是「鬍子老爹」那類的意思，與此刻模樣是十九歲女性的這傢伙可說是致命地不吻合。

不過換個角度想，這樣也好。

這傢伙與真倉沙希未是不同的個體。為了避免遺忘這個事實，名字與形象有著極端落差反而正好。

「不是挺好的嗎？」

宗史深深地嘆了口氣，順口回答。

「……阿爾吉儂。」

那傢伙點了點頭。

「我是阿爾吉儂。」

她反覆地說了好幾次。

儘管依舊面無表情，但她似乎很開心。

車內音響設備流瀉而出的歌謠即將邁入尾聲。

蟬聲於是提高音量，自緊閉的車窗外大量湧入。

有著低沉嗓音的男性主持人口若懸河——接下來要播放一首充滿熾烈情感的熱門歌曲，非常切合即將到來的炎熱季節，還請盡情沉浸其中！「White Sheep Q」的「鎂（Magnesium）」。

充滿活力的前奏響起，女子團體的歌聲感覺有些刺耳，音量幾乎與蟬聲不相上下。雙方難分軒輊，當然也沒有互相抵銷，兩邊都很吵。

或許是感到有趣吧，駕駛座的孝太郎笑了起來。

後座的阿爾吉儂則喃喃重複念著自己的名字。

（…………）

無法決定臉上該掛著什麼表情的宗史陷入苦惱，最後皺起眉頭。

一台車載著形色各異的三人，奔馳在夏日的街道上。

（4）

別人的庇護所，總覺得就像是出去玩時的旅館。

即使回到裡頭，也沒有真正回到家的感覺。

所以才說不出「我回來了」這種話嗎？宗史默默地走進門內。

回到屋裡後非做不可的第一件事，當然是確認環境是否有異狀——在那之前得先洗手、把買來的食材放進冰箱才行。

這些事本來就是理應先做的，不過宗史同時也檢查了門窗、各種測量儀器及其周遭，還有插座附近，結論是現階段沒有外力入侵的痕跡。

「呼……」

總算鬆了口氣的他，整個人倒上沙發。

接著轉頭朝向等在玄關的阿爾吉儂——

「……可以進來了。記得脫鞋喔。」

如此喊道。

女孩緩緩地脫去樂福鞋。

然後踩在玄關的踏墊上動也不動，呆呆地杵在原地。

她似乎無法自主行動。只具備倉促產生的自我意識，也還沒習慣該如何運用它，導致她光是要憑藉自身意志去決定做些什麼，都顯得困難重重。

看來沒辦法就這樣丟著她不管。

「唉，真是的。」

宗史用力地抓了抓頭。

「過來這邊洗手、漱口、用毛巾擦手。」

「…………」

阿爾吉儂究竟有沒有理解他的話呢？他無法從那愣愣的表情看出任何端倪。

她按照宗史所說的走來，朝洗手台而去，隨即傳來了水流聲。

「做完之後到這裡，坐在椅子上。」

他對她這麼說。

阿爾吉儂同樣對這些話照單全收。她走進室內，坐在宗史指著的餐椅上。

轉頭望向宗史的她偏著頭，看似想確認：「這樣可以了嗎？」

「所以妳知道怎麼洗手、漱口和用毛巾？」

「知道。」

伴隨著不帶情緒起伏的回應，阿爾吉儂微微點頭。

她能夠讀取宿主沙希未的知識。換句話說，要是不去讀取記憶，她便什麼都不知道。

一旦接收到該做什麼的指令，她就會讀取相應的做法並採取行動；然而若是沒有指令，她便沒辦法擺脫該做什麼的階段，進展至下一步。

「……今後即使我沒說，為了這副身體的生命存續，或者該說成維持身體機能，妳得採取必要的行為，也就是進行包括日常在內的一切活動。」

「日常……」

沙希未的嘴喃喃道。

她的視線很自然地轉向窗外。

這麼說來，宗史想起真倉沙希未是一名（極有可能相當認真的）大學生，倘若以她的記憶為基礎，追溯其日常生活，勢必會涵蓋上課等行為才對？

「啊……不過絕對禁止外出，沒有特別指令，不准到這棟建築物外面。除此之外的日常。」

「…………」

她的頭微微動了一下。

應該算是點頭吧？

「妳真的有聽懂嗎？真是的……」

宗史沒什麼養寵物的經驗，或許迎接新養的貓狗就像這樣吧，他想著。要從零開始調教對人類世界的規則一無所知的生物，簡直累壞人了。

想到這裡，有件事突然令他在意了起來。

「妳知道怎麼使用洗手間嗎？」

阿爾吉儂一如往常地思考片刻，回答道：

「是的。」

她點了點頭。

（……剛才的回答是哪種的？）

究竟她是一開始就知道呢？抑或是在被問了不知道的詞彙後，讀取了沙希未的記憶呢？

並非當事者的宗史實在難以區分。

阿爾吉儂輕輕站起身，安靜地走向洗手間。

「馬上就要去喔？」

目送她的背影，宗史小聲地嘆了口重重的氣。

唉，真是的。簡直就跟訓練狗貓一樣。

◇

日落西沉。

宗史盯著筆記型電腦的螢幕。

上頭顯示著從研究大樓帶出來的神祕肉片的研究資料。為了找尋有無其他線索，他再次試著解讀它，卻因為欠缺這方面的專業知識，效率無論如何都很差。儘管耗費了大量時間在螢幕前，然而幾乎沒有成果，除了早上就得到的資訊外毫無斬獲。

資料裡設有難解的密碼——如果是這種情況倒還好，只要不是太過頭的東西，花上時間與精力就能破解。但面對內容本身就很難懂的資訊，他無計可施。

（……到此為止了嗎……）

總覺得屋內十分安靜，他於是移動視線。
阿爾吉儂躺在沙發上，輕輕環膝睡著了。
望見眼前的景象，睡意也跟著來襲。宗史不禁小小地打了個呵欠。
——遠處傳來了笛子與太鼓的聲音。
是祭典音樂。
原來如此，已經到了這個時節嗎？他心想。
芳賀峰市的夏日祭典規模不小，畢竟好歹也算是觀光區。儘管最近幾年基於傳染病防治政策，神輿並未登場，但攤販仍在主要街道上櫛比鱗次地排列著，也有小型的煙火大會。
宗史起身稍微打開通往陽台的落地窗。
祭典的聲音伴隨迎面而來的夏日氣息，撲進房內。
回憶湧現。
無論是便宜的炒麵滋味、怎樣都中不了的射擊遊戲、隨處可見的珍珠奶茶攤販，還是存在感強烈的烤肉串香味。
言笑鼎沸不絕，裡頭有著他的年少時光。
如今他卻像這樣，已在搆不到這些事物，但又聽得見那陣喧囂的遠方。
宗史聽著屬於他人的喧囂，內心尋回了一絲平靜。儘管江間宗史隻身一人，卻仍離人類不遠——他如此確信。

「嗯……」

微弱的聲音響起，他感覺到背後有人稍微挪動了身體。

他這才想起自己現在並非隻身一人。要是吵醒阿爾吉儂也很麻煩，他於是關上窗戶，熱氣頓時被阻隔在外，聲音也消失殆盡。

對講機鈴聲響起，有客人來了。

（5）

訪客是早上在門崎外科見到的那名護理師。儘管未聞其名，但曾聽說她似乎是那位年邁女醫的孫女，好像也廣受那間醫院的患者歡迎。

以外表來推測的話，年齡約在二十五歲上下，與宗史算是同輩的人吧。儘管並非吸睛的美女，卻有著穩重而溫柔的氣質，是那種光是在場就能讓人覺得放鬆的類型。

「讓您久等了。我送來了換洗衣物與其他東西。」

那名女性在玄關前輕輕捧起紙袋說道。

這麼說起來，方才她在醫院的確有提到要幫忙準備。

「幫了我大忙……妳是說換洗衣物與其他東西……嗎？」

「對，其他東西，包含各種應該能派上用場的用品——貼身衣物、皮膚保養品，以及一些女孩子需要的各種東西等。」

「啊……不好意思，是我思慮欠周。」

她所提到的這些東西自然是必要的。宗史又是感激她考量得如此周到，又是為自己沒想到這些事感到汗顏。

「請別掛懷。除此之外，我還帶來了這個。」

「嘿咻！」她忽然遞來了一個上面打著結的塑膠袋。

袋中是澄澈的清水，水中似乎有什麼紅色的東西在游動。

而那怎麼看都是——

「…………這是？」

「是金魚喔。」

沒錯，正是金魚。是尺寸約三到四公分，兩隻小小的和金金魚。

「為什麼要拿這個給我？」

「這是剛才同學硬塞給我的。找孝太郎商量後，他建議我把金魚送給你們當伴手禮，說是可以成為很好的水療之類的。」

「嗯？嗯嗯？…………嗯嗯嗯？」

等等，給我等一下。一次湧入太多奇妙的訊息，大腦無法完全消化。宗史一時不知該從何處問起。

「等等。呃……妳說的孝太郎是那個孝太郎嗎？」

「當然是指『話撈』孝太郎嘍。你們是好朋友吧？」

儘管他不記得彼此建立了那樣的關係，不過好歹確認了她所講的不是其他同名人士，就先當成耳邊風吧。

「……妳說同學硬塞給妳是怎麼回事？」

「對方說是撈金魚撈到的，然而即使帶回家也不能養。但我家也一樣呀。」

宗史思忖了一陣。

他眨了眨眼後再次確認。眼前的女性看起來應該與自己同輩才對。

「是誰的同學呢？」

「是我喔。渡瀨附屬國中三年C班的門崎伊櫻。」

宗史只覺有些疑惑。

「附屬**國中**……」

「是的。」

他歪頭問道。

「妳幾歲？」

「十四歲。到秋天就十五歲了。」

十……四。

一陣輕微的暈眩襲來，他甩了甩頭。

「…………那妳為什麼在當護理師？」

「啊，雖然經常被誤會，但不是那樣的。我只是幫奶奶的忙簡單打個工，也沒什麼執照喔。」

哎，我想也是。宗史心想。才十四歲就要取得國家考試的應試資格應該有點難。

「我常被人說看起來比較成熟。」

哎，我想也是這麼一回事。宗史暗忖。以國中生的觀點，所謂「看起來像二十幾歲的女性」就是這樣。

原來如此，他總算理解事情的脈絡了。感覺那位年邁女醫的確會提出「只要有年輕女孩在，病患的評價就會好」之類的主張，讓看起來比實際年齡成熟的孫女穿上護理師制服，成為活招牌沒錯。

儘管多少有些在意這樣做到底有沒有涉及什麼刑法問題，但宗史實在也沒資格管人家守不守法，看來還是別繼續深究比較好。

「那麼，**她**在哪裡？」

「喔……」

他轉過頭去，用眼神示意沙發的方向。

「妳要找阿爾吉儂的話，她在那裡。」

該說是一如方才嗎？她環著膝縮成一團，睡得正香。

「哎呀呀呀。」

伊櫻往阿爾吉儂望去，連連眨眼。

「阿爾吉儂就是**她**吧？已經取好名字了嗎？」

「沒取名的話不太方便。」

「啊～我懂。朋友撿到的小貓裡有一隻一直沒取名字，據說要牠聽話實在很難。呵呵。」

她以手指輕觸唇角，笑得莫名優雅。

「朋友還說：『一但喊了名字，感覺就像是認同牠真正成為家裡的一分子～』要是不在撿到的當下取名就錯失良機了，對吧？」

呃——即使對方想尋求認同，宗史也不知該作何反應。

「伊櫻小姐對這傢伙的狀況有所耳聞了嗎？」

「我從奶奶那邊大致聽說過了，說是有不明生物進入並驅動身受重傷的身體？不要緊，我懂，上個月我才剛看過那種動畫喔。」

「是、是這樣嗎……？」

這是說一句「看過動畫」就能輕易接受的狀況嗎？還是說在她的世代，這種想法是理所當然的？年輕人實在可畏。

「儘管聽起來有點恐怖，但阿爾吉儂很老實，會好好聽進去別人說的話，是個好孩子呢。」

「是這樣嗎……？」

雖然看在宗史眼裡，這也只不過是因為她的自我意識很薄弱罷了。

「小儂……嗯，很可愛的名字呢，很像布娃娃。」

少女——是叫伊櫻吧——一邊這麼說著，一邊穿著拖鞋啪噠啪噠地湊近沙發。

「小阿爾吉～～儂，妳可以起來一下嗎？」

她開始搖起比她年長的女孩身體。

「喂、喂？」

毫無防備地碰觸她不是很危險嗎？是否該阻止伊櫻？儘管宗史的腦海裡瞬間閃現這樣的念頭，但是已經來不及了。阿爾吉儂微微睜開眼睛。

「抱歉，在妳睡得正舒服時吵醒妳。」

她一如以往地雙眼發愣，凝視伊櫻。

「妳喊了……阿爾吉儂嗎？」

她斷斷續續地說著，狀似低喃。

「嗯，我喊嘍。」

「我……是阿爾吉儂。」

「沒錯喔。」

「妳在叫我嗎？」

「嗯。」

阿爾吉儂緩緩地起身。

「妳在做可怕的事呢。」

宗史呻吟般地說道。伊櫻稍微抬起下巴，轉身回頭。

「是～～這樣嗎？」

「沒錯。明明對方是難以理解的未知生物，做出什麼事都不奇怪，虧妳還真能毫不猶豫地碰觸她。」

「但就算對象是人類，也一樣無法預測對方會做出什麼事吧？」

這麼說或許也沒錯。

「特別是佐崎家的爺爺，他非常喜歡嚇人呢。」

是嗎？儘管不認識，總之還請堅強地活下去，佐崎家的爺爺。

「抱歉小儂，吵醒妳了。關於我帶來的衣服，有些細節希望妳可以記起來，像是換衣服的方式之類的。」

「原來如此……」

阿爾吉儂愣愣地點了點頭。

「那麼我們借用一下隔壁房間。不准偷看喔。」

「隨意使用吧。另外姑且提醒妳們一下，如果發生什麼事就馬上叫我。」

「好的，拜託您了。」

少女眨了眨單眼，牽著阿爾吉儂的手往臥室走去。

目送兩人的背影離去後，宗史挪開目光。

與其以強勢來形容伊櫻，不如說她擅長將人給牽扯進來。十四歲，與當時的沙希未年齡相仿。這麼說起來，沙希未似乎也具有這樣的特質。那個年紀的女孩子都是這樣的嗎？抑或是巧合呢？

「關於這點，你們覺得呢？」

他試著詢問塑膠袋裡的金魚，理所當然地毫無回應。

這麼說起來，也得替這些傢伙找個棲身之處才行。

宗史在屋內東翻西找，發現了一個圓形的金魚缸。

不知為何還附有投入式的海綿過濾器。

明明這裡是緊急狀況下的庇護所，為了讓逃亡者得以有躲藏之處，出現這樣的東西實在令人匪夷所思。之後再好好問問孝太郎吧。

宗史對照料寵物——該說是所有生物——完全不在行，又聽說在夏日祭典上撈到的金魚體質不會太好，也曾耳聞把牠們放入家裡的水槽後就不會動了云云的案例。

首先準備水，以中和劑去除次氯酸鈣後加入一點點的鹽，調整水溫。他單手拿著智慧型手機，反覆確認著步驟。這樣真的與步驟相符嗎？沒問題嗎？宗史如此苦惱著。

他把袋子裡的金魚放入魚缸裡。

兩隻魚霎時渾身顫抖。

儘管宗史深怕有哪個步驟出錯而害死牠們，不過這兩隻魚很快便活力十足地游著。他如釋重負。

（……呼！）

他以手背拭去額頭上冒出的薄汗。

自己果然對生物很不在行。他再次體認到這點。

◇

「我接下來要和朋友去看煙火。」

語畢，這位女性——應該說是少女——就回去了。

或許是受到了嚴格的指導吧，儘管阿爾吉儂的表情一如往昔，感覺卻相當疲憊。

「給妳。」

他把裝著冷泡麥茶的玻璃杯遞給她。

阿爾吉儂接過玻璃杯，但一臉不知道那是什麼的表情，沒有動作。

她看著宗史開始喝起自己的那杯茶，似乎這才發現那是飲料，看似模仿地讓杯中物流入喉嚨。

「茶放在那裡，還要喝的話自己倒吧。」

宗史這麼說著，指了指桌上的茶壺。拿著空玻璃杯的阿爾吉儂只花了一點時間思索，隨即便伸出手。儘管動作顯得有些生硬，她仍試著將麥茶倒入玻璃杯中。

（……她能順利做出人類般的舉動了。）

阿爾吉儂有著沙希未的記憶。

她可以讀取它。

隨著讀取的內容逐漸累積，沙希未曾做過的事，阿爾吉儂同樣能實現。

而她模仿人類的完成度也會跟著提升。

宗史無從得知這是不是件好事，或許會化作引發駭人毀滅的導火線；反之也有可能成為突破現況的銀色子彈。既然怎麼想都難以得出結論，以此為基準來評斷是非便毫無意義。

（在這種情況下做最壞的打算，謀定後動，才是最好的處理方法。）

不管怎麼說，對方都是未知的生命體，無論是何等荒誕不經的妄想都不能盡數否定，是以光是要「做最壞的打算」本身就是件困難的事。

既然如此，不如選擇讓眼下的生活能過得稍微順利些。早上女醫師提到了賽普勒斯島國王的故事，那就祈禱她能成為塑像（伽拉忒亞）的化身吧，因為他希望她至少能自行判斷要不要去洗手間而不用他提醒。

在宗史思考著這些事的期間，阿爾吉儂喝完了第二杯茶，並將視線轉向別的地方。

他順著她的視線望去，發現吸引她目光的，是矮櫃上那個才剛迎來住客的金魚缸。

「那是……什麼？」

她主動發問。還真稀奇啊，宗史心想。

「如妳所見，那是金魚。可不准吃掉喔？」

「……金魚。」

阿爾吉儂一如往常地花了幾秒時間搜尋沙希未的記憶。

「好小隻。」

「因為是金魚嘛。」

「牠們在玻璃缸裡……游著。」

「因為是金魚嘛。」

她目不轉睛地盯著魚缸。

「呃，真的不准吃喔。」

「我不會吃。」

阿爾吉儂一邊回答，一邊望向宗史。

「因為我……不是貓。」

連這種句子都出現了。

這算是在展現充滿她風格的機智感嗎？不，儘管有些偏離事實，但搞不好只是因為在她讀取到的記憶裡，會吃金魚的＝貓。

實在讓人摸不著頭緒。

缺乏與對方建立有效溝通的確切感。

「別看太久喔，因為似乎會讓金魚產生壓力。」

「好的。」

說是這麼說，阿爾吉儂卻依舊持續盯著著金魚缸。

（6）

夜晚。

在這間庇護所裡，只有一張位於臥室的床鋪。儘管宗史並不打算顧慮阿爾吉儂，卻不能隨便對待沙希未的身軀，是以他像昨天一樣讓阿爾吉儂睡在臥室。

隨後宗史在沙發上躺下，閉上眼。

（…………）

睡不著。

由於自昨日的騷動開始便未曾闔眼、四處奔波，他的身體的確累到極點。明明如此，神智卻依舊相當清晰，毫無睏意。

宗史嘆了口氣，撐起身子。

雖然想到儲備物資裡有葡萄酒，但他隨即打消念頭。他本來就沒有睡前小酌的習慣，也曾聽說在這種時候攝取酒精會有反效果。

他拿起手邊的遙控器。

開啟智慧電視。

宗史點開影音串流平台，登入自己的帳號，從琳瑯滿目的推薦片單裡找到想看的外國影集——當下已經演到第六季的熱門系列。由於他看得很慢，目前只看到第三季。

他沒有打開房間的燈。

而且為了不讓隔壁房間聽見，音量調得很小聲。

接著，他愣愣地望著螢幕。

『開什麼玩笑？這種鬧劇我還能忍受多久啊！』

『噢東尼，請等一下，你誤會了！』

混亂的場面看似來到白熱化的階段。畫面裡的年輕男子奪門而出，中年女性則緊追在後。宗史想不起之前都演了些什麼，一時有些茫然。

然而唯有某些事是他可以明白的，那就是劇中兩人的情感，以及看起來都竭盡全力地過著自己的人生這點。即使不去深究故事情節，對宗史來說也已經夠了。

——他特別鍾愛虛構的故事。

宗史的人生早在久遠以前就已經毀了。長久以來，他總是對江間宗史（自己）還活著的這件事缺乏真實感。

就是因為這樣吧。

像這樣遠觀著他人的人生，才會令人感到心曠神怡。

『不會吧！瓊斯那個白痴！』

『噢東尼，快等等！那也是誤會啦！』

眼見畫面中的年輕男子就要跳窗而出，中年女性則緊追在後。

宗史愣愣地望著電視螢幕，依舊難以理解為何又演變成那種情況。

——背後傳來開門聲。

彷彿悄悄溜進來般的淡薄氣息。

對方靜靜走來，坐在雙人沙發上，緊鄰著宗史。

宗史斜眼瞥向阿爾吉儂，想當然耳，依舊是那張面無表情的愣愣側臉。她正看著螢幕裡的影集。

「都說過叫妳去睡了吧。」

他自言自語般地嘀咕道。

「是的。」

她自言自語般地回應道。

「但是……我很在意。」

「在意什麼？」

「在意你……正在做些什麼。」

什麼意思——

宗史並不打算繼續玩問答遊戲，因此沒有說下去，身旁的那傢伙也不再開口。雙方的言語互動到此結束。

『住、住手，給我住手……』

『啊東尼，你終於理解了呢。真讓人開心。』

畫面上的女人揮舞著斧頭，驚恐的年輕男性縮在房間角落瑟瑟發抖。

宗史愣愣地看著那幅光景。

阿爾吉儂宛如人偶般動也不動的側臉，同樣牢牢地注視著螢幕。

（……這傢伙的……眼睛。）

他察覺到了。

阿爾吉儂看著液晶螢幕裡的影集，與方才隔著玻璃缸盯著金魚的眼神非常相似。

兩者間的確有著共通之處——對她而言，無論何者都是身在透明屏障後，不同世界的生物，即使伸手也搆不到，唯有指尖被那冰冷的玻璃觸感給阻擋。

然而阿爾吉儂對此懷著什麼樣的情感——包含是否具備**那個**足以稱之為情感的心思——宗史都不得而知就是了。

『喔，神啊——我終於理解祢的意思了——』

『噢東尼，請等一下，你誤會了！』

深夜，兩人坐在一張沙發上，觀賞著虛構的他者人生。

而漸漸地——

宗史的眼皮睏倦地闔上了。

第三日：

day：3

想作夢就得閉上眼，別去面對現實。
想面對現實就得睜開眼，將夢藏在心中。
因此──
想抓住夢就得睜開眼，
面向與非追逐不可的夢有些相似的現實，
拚盡全力地伸出手才行。

──羅亞．瑪索《皓月之幻》

隔著透明屏障的世界

（1）

小時候，他想成為超級英雄。

無私的英雄起身抵禦外星人、地底怪獸等難以採取一般手段戰勝的威脅，他對此心嚮往之。

世上有許多人懷抱著類似的夢想，然後隨著成長而逐漸放棄。相比之下，宗史顯得比較不服輸。他畢業於住家附近的小學及國中，高中時逞強選擇了相對好的升學學校，然後與哥哥就讀同一所私立大學。

都長到這麼大了，他當然也通達事理，好比說人無法在天上飛、徒手難以擊破混凝土塊、沒辦法以念力生火、手掌也放不出鬥氣。說起來，這世上本就沒有外星人、地底怪獸等來襲，所以沒有需要抵禦的對象。

儘管理解了這些事，兒時的願望卻仍在當時還是少年的他心中小小燃燒著。

幫助別人、推翻不合理的事——他並未完全放棄這種理想。

——你還真是長不大呢。

哥哥這麼說著，有些傻眼。

當時自己是怎麼回應的？他想不起來。

——看來似乎不會誤入歧途，挺好的啊？

父親這麼說著，笑得開懷。

當時自己是怎麼回應的？他想不起來。

——只有打架怎樣都不准，這會嚴重敗壞家族名聲的。

母親這麼說著，擔心不已。

當時自己是怎麼回應的？他想不起來。

——雖然很喜歡學長這點，但我沒辦法聲援你。

戀人這麼說著，神情複雜。

當時自己是怎麼回應的？他想不起來。

——你這傢伙該不會是想當警察之類吧？

——你應該不會想讓這種事變成工作吧？當成興趣才開心啊。

——我雖然不打算評斷別人的興趣，但你可別引火自焚喔。

朋友們各自露出不同的神情，說著這些話。

當時自己是怎麼回應這些話的？他想不起來。

◇

被惡夢驚醒之際，總是令人喘不過氣。

「……唔……」

伴隨著痛苦的呻吟聲，宗史緩緩睜開雙眼。

眼前有張女人的臉。

她有著藍黑色的瞳孔，以及一頭在朝陽下閃耀的淡茶色髮絲。

這是誰啊？他想著。

由於仍沉浸在惡夢的後勁當中，頭腦還不太清楚，他花了點時間釐清現況。

彼此之間的距離頂多只有五十公分，儘管距離不足以感受到呼吸，但也不至於遠到聽不見呢喃低語。

「…………」

總算搞清楚狀況的宗史不知該作何反應，全身僵硬了幾秒。

「早安。」

對方小聲地打了招呼。

（啥？）

他對阿爾吉儂主動開口驚訝不已。

「早……安……」

語氣裡滿是困惑，他回應得斷斷續續。

「妳在這裡做什麼？」

「我在看你。」

「沒什麼好看的吧？」

「不會喔。」

阿爾吉儂從鼻子發出輕笑聲，隨即離開現場。

她身上穿的並非昨晚的睡衣，而是換了件他沒印象的日常服裝。

「妳起得還真早。」

「這副身體餓了。」

阿爾吉儂把手放在肚子上，這麼說著。

「我想準備些吃的，可以吧？」

「嗯？……啥？」

因為宗史坐在沙發上睡著了，身體僵硬成一個奇怪的姿勢。他輕輕拉筋，一面皺起眉頭。

「妳？妳會烹煮人類的飯菜嗎？」

「我想試試看。」

阿爾吉儂點了點頭。

「在**沙希未**的知識裡有料理的步驟，只是要做簡單的東西沒問題——」

她如此斷言，卻又在稍作停頓後補充了「應該」二字。

宗史搔了搔頭——

「那妳就試試吧。」

催促她。

「好的。」

阿爾吉儂微微展露下定決心的表情，再次點頭。

並非比喻或自謙，她所端出的菜色真的是很簡單的東西。

烤得不太均勻的吐司、沙拉裡只有切成細絲的高麗菜沙拉，以及微焦的荷包蛋。

「妳的話已經說得相當流暢了呢。」

「是啊。」

阿爾吉儂停止咀嚼高麗菜，點了點頭。

「我在睡著時想起了許多**沙希未**的記憶。」

宗史對她用了「想起」這個詞彙有些在意。

儘管這個詞彙想必是最為貼切她實際感受的說法，然而運用在原本不屬於自己的記憶上，卻顯得不甚恰當。

「這樣能稍微減輕**宗史**的負擔嗎？」

「啥？」

「我能過著日常生活嗎？」

……啊，原來如此。

昨天自己的確曾對這傢伙說過——在不出建築物的範圍內，進行包括日常在內的一切活動。

「哎，怎麼說呢？」

宗史總覺得心裡不太舒坦，開口說道：

「這頓早餐能吃喔，雖然不好也不壞就是了。」

「你這樣說……我該高興嗎？」

「硬要說的話算是在稱讚妳吧。」

「是嗎……」

阿爾吉儂突然像是想起什麼，神情嚴肅地說：

「我忘了……調味。」

「是啊。」

宗史輕輕點了點頭，吃著荷包蛋。

連一粒鹽都沒加，純粹只有蛋黃與蛋白的滋味。

「哎，這不用在意吧。畢竟即使沒有味道也吃得下去，填得了肚子。」

「不，那樣……呃……不就不像……人類了嗎？」

「或許吧。」

宗史不經意地漠然回答。

「就連這點也不用在意吧。」

「可是……」

看似無法認同的阿爾吉儂陷入短暫的沉默。宗史明白，她應該是正在搜尋沙希未的記憶吧。

阿爾吉儂像是下定決心般地起身打開冰箱，並在拿出某物後關上門，走了回來。接著——她為自己盤中的荷包蛋擠上番茄醬。

餐後的咖啡是宗史泡的。

而阿爾吉儂表示：「沙希未是這樣做的。」在杯裡加了大量砂糖。

「……話說有件事令我在意。」

宗史邊往自己杯中加入牛奶邊問道：

「妳為什麼要執著於我？」

「……？」

她一臉驚訝。

「妳從昨天開始就是這樣吧？雖然任誰說話妳都會聽，卻在沒人指示的情況下一路跟著我。比起婆婆或是孝太郎，妳以我為優先，對吧？」

「……是的。」

「為什麼？」

宗史再次問道。

「因為你說一定會幫我。」

她馬上回答。

「誰在何時這麼說過？」

「是**宗史**說的喔，在第一晚那時。」

她以左手將右手握在胸前，彷彿訴說著重要的存在。

（我？）

她在說些什麼？宗史思考著。

「你說：『我一定會幫助妳，放心吧。』」

這並非相隔甚遠的情景。一回想，當時的畫面便立即浮上心頭。

——求求……您……

——救……救…………

沙希未痛苦地訴說著的神情與聲音。

而他的確曾緊握她的手，如此承諾過。

——嗯，我會的。

——我一定會幫助妳，放心吧。

啊，原來如此。他懂了。

看來當時沙希未體內的阿爾吉儂也聽到這段對話了吧。

「那是對小沙希未說的，不是妳。」

「是……那樣嗎？」

沒錯。他點了點頭。

「妳可別搞錯了。妳和她是**不一樣**的。」

「……這樣啊。說的也是。」

阿爾吉儂看似露出微微苦笑，低著頭。

「那麼**宗史**，如果現在請你『幫助我』……你會這麼做嗎？」

「那還用說？」

他將杯裡的咖啡一飲而盡。

「我很重視那副軀體，因為是小沙希未的啊。」

糟了，他心想。

方才做了不必要的挑釁。他所重視的只有沙希未，阿爾吉儂則除外。換句話說便等於表示他認為在取回沙希未之際，阿爾吉儂十分礙事。

「這樣啊……」

她又想起什麼了嗎？抑或只是在思索呢？

過了幾秒，阿爾吉儂抬起頭。

「嗯……說的也是。那樣就行了。那樣很好。」

她看似認同地點了點頭。

意外地老實呢，宗史心想。

是因為她沒有完全理解自己所說的話？

還是在全部聽懂的情況下接受了現實？

（……啊，可惡！）

他仰頭望向天花板。

認識這傢伙的旁人總說：「她不是很老實嗎？」以這傢伙的言行舉止來看，這種論斷的確合理。一旦以人類的心緒判斷非人之物的行徑，多半會得出「看起來就像個人類吧」這種評價。

然而不知為何，唯獨宗史無法認同這種說法。

阿爾吉儂以手指拾起一顆點心盤裡的堅果。

她將它放進嘴裡，咬得喀滋作響。

既像人又不像人，難以斷定她的行為舉止屬於哪一方，光看就令人覺得煎熬，於是宗史移開了視線。

（2）

「嗯，不知道該怎麼想才好呢。」

年邁女醫雙手環胸，皺著眉頭。

看來今天的門崎外科醫院依舊門可羅雀，不過對有事要拜託醫生的人來說倒是令人感激不盡。

此時的宗史並非身處診間或候診室，而是被叫進了院長室。儘管似乎會讓人想問「這種小型開業診所，有必要設置這麼恢宏的房間嗎？」但畢竟這裡也有些密醫般的業務，少人進出的房間或許還是有其必要性。而彷彿要證實他所想，房間裡沒有窗戶，門扉厚實……為了防止談話洩漏而略成一個隔音空間。

「抱歉，醫生，才過了一天就又來打擾妳了。」

宗史鞠了個躬。

「無所謂啦，真要講起來是因為你說『患者的病況急速改變了』嘛。身為醫生，這也實在沒什麼好抱怨的。不過——」

拿著病歷的她以原子筆尾端按著太陽穴。

「才過了一天而已，她還真是變了很多呢。昨天明明安靜得像尊石膏像，結果今天就能接受一般的問診了。」

「據她說是持續讀取著宿主的記憶。」

「是啊，我聽說了。也是她親口告訴我的。」

她仰望著天花板。

「多虧這點，診察本身沒費什麼功夫就完成了。」

「有什麼麻煩的事嗎？」

「該說麻煩嗎？怎麼講呢……哎，不知道給你看這個會不會太早？」

宗史接過醫生遞來的平板電腦。

11吋的螢幕上展示著X光片，拍攝時間是距今約十分鐘前。看起來與昨日所見幾乎毫無二致。然而定睛一瞧，的確能看出顯而易見的變化。

「白影……正在縮小？」

「就是這麼回事。你讀過那份研究報告了嗎？」

被問到這個問題，宗史的嘴唇不禁有些抽搐。

「我的確曾試著讀過。」

「還真是誠實。那麼關於大鼠實驗的後半段呢？」

「我對那些東西寫在哪裡實在毫無頭緒。」

宗史聳了聳肩。

女醫師以鼻子小小地哼了一聲。

「我也稍微瀏覽了從你那邊拿到的資料。似乎是發生在距離植入手術兩百四十四小時之後。」

「發生了什麼事？」

「自體回復喔。十天又四小時——僅僅花上這段時間，大鼠的身體就將異物排出體外了。」

宗史瞪大雙眼。

「模擬宿主的細胞並進行同化，的確是了不得的生命型態呢。然而就生命力而言，似乎是宿主那方握有主導權。資料裡也刊載了這樣的假設：『身體是否能藉由反覆的自然治癒與新陳代謝，奪去那些被置換的假細胞的生存空間？』」

「那種事能做到嗎……」

「看來是做到了呢。而同樣的事情似乎也正發生在那位小姐的體內。」

年邁女醫取走了平板。

她的手指在液晶螢幕上跳躍著，點開了別張照片，再次拿給宗史看。

「遭驅逐的假細胞被排除，溶解在血液裡。」

出現在照片裡的是隻小小的白老鼠，還有個小指指尖大小，看似具有黏性的紅色果凍塊狀物體散落在旁。

「看來那個『高爾．媧達耶』在模擬成其他生物細胞的情況下，似乎沒辦法順利進行細胞分裂呢。兩者的差異性便造就了這種現象。」

順帶一提，智力測驗的成績及行為傾向似乎全都回到了原樣——她又補上了這麼一句。

「哈、哈哈……」

宗史的臉部扭曲，浮現笑意。

「光是老鼠就得耗費十天，根本不知道偉哉人類又要花上多久。純粹只依賴代謝速率的話，就算需要幾個月也不足為奇。」

「即使如此——」

沒錯，或許是得耗上不少時間，即使如此卻仍提示了一個可能性。

直到昨天，他們都對該如何協助沙希一無所悉。如今得到一線曙光，視野便一口氣開闊了。

「相反地，倘若成因不同於假設，這種情況就算發生在極短時間內也沒什麼好驚訝的。哎，在什麼時候發生何事，都必須處變不驚才行。你就先有個心理準備吧。」

嗯。宗史點了點頭。

「這些話，妳跟阿爾吉儂說過了嗎？」

「當然還沒。要說不說由你決定吧。」

「嗯——當然。讓我來說吧。」

他順勢點了好幾次頭。

「謝謝妳，醫生。」

「現在就想跟我道謝還早咧。」

「即使如此還是得道謝。」

宗史鞠了個躬。年邁女醫看似一臉不悅地扭過頭去。

◇

「加番茄醬啊……算是做了比較大膽的選擇呢。」

「很奇怪嗎？」

「不會喔，畢竟每個人的喜好不同，對事情的堅持也因人而異。有人非美乃滋不可、有人則認為加醬油才是正確的。而我奶奶是胡椒派的，我爸則是味噌派，我媽和我是柚子醋派，也有朋友是鮮奶油派的唷。」

「鮮奶油……」

「有人煎完才加，也有人認為在煎之前先調味比較好。當然，還是有很多什麼調味料都不加的人。只要不至於造成周圍的人困擾，隨興而為就行了吧。」

「隨興而為……嗎……？」

「阿爾吉儂喜歡番茄醬嗎？」

「我不知道。雖然認識那個味道，但今天早上……才第一次嘗到。」

「妳覺得好吃嗎？」

「這點……我也……不太確定……」

「既然如此，多方嘗試不是很好嗎？倘若不親自去探尋，喜歡的事物就不容易增加喔。然而一旦努力尋找，發現自己『就是喜歡這個！』感覺真的很好，覺得人生變得更加開闊了。」

「……人生……是指像人類的行為……嗎？」

「大概就是這樣吧。啊哈哈，我自以為是地談起了人生呢。」

「感謝妳……我受益……良多。」

「那就好……啊，江間先生。」

身穿護理師制服的國中生（伊櫻）總算抬頭望向宗史。

「奶奶的話講完了嗎？」

「嗯。」

在診間門前的宗史點了點頭。

「妳們似乎談得很熱絡呢。都聊了些什麼？」

「呃～～」

伊櫻以眼角餘光瞥向阿爾吉儂的臉。

「是那個啦，少女私房話。對男性要保密的。」

「是這樣……嗎？」

儘管另一位當事人阿爾吉儂錯愕地望著她——

「沒錯喔！」

伊櫻用力地點了點頭。

「所以不能說。謎團會使女性更加神祕而迷人。」

「這樣呀……」

被伊櫻那滔滔不絕的氣勢給牽著走，阿爾吉儂雖然感到困惑，但看起來似乎也有些開心。

「……妳應該沒教她什麼奇怪的東西吧？」

「才沒有呢～只是告訴她一些女孩子的嗜好而已～」

伊櫻嘟起嘴。

完全就像是和同輩朋友閒聊一樣。

「對方可是未經辨認的生物哦。」「不慎重對待的話很危險。」儘管這類話語瞬間在宗史的腦海裡浮現，卻都在說出口前就消失了。取而代之的則是——

「我們回去吧。孝太郎還等在外頭呢。」

聽到他如此催促，阿爾吉儂緩緩站起身。

（3）

「要不要去哪裡吃個冰啊？今天也實在太熱了吧。」

駕駛座上的孝太郎一邊拉起T恤的衣襟，啪噠啪噠地搧著風，同時發出呻吟般的聲音說道。

燦爛陽光下的柏油路閃閃反射，再加上位於濱海街區，導致濕度飆升。今天的炎熱確實讓人難以忍受。

「這提議或許不錯呢。」

宗史透過深色貼膜，望向車窗外的景色，一面回答。

「但該去哪間店才好？沿海一帶是梧桐手下的勢力範圍，站前的美食廣場也是人來人往，在不引人注目的前提之下很難選擇吧？」

「……喔——」

孝太郎不知為何發出了感佩般的聲音。

「說的也是。五丁目的河旁有間以冰品聞名的咖啡廳，怎麼樣呢？雖然因為是間小店，口味沒那麼多就是了。」

「聽起來挺合適的，就它吧。」

宗史望向身旁，只見阿爾吉儂雖然默默無語，雙眼卻明顯一亮。

「發生了什麼好事嗎？」

在十字路口等紅燈時，位於駕駛座的孝太郎回頭問道。

「感覺你們兩個都滿開心的。」

該怎麼回答才好呢？宗史暗忖。

實際上的確有好消息，但他還不想讓阿爾吉儂知道這件事。因此——

「祕密。」

他如此回答。

孝太郎的視線繼而轉向阿爾吉儂。

「我的也是祕密。謎團……似乎會使女性……更加神祕……而迷人。」

「什麼嘛～～」

孝太郎嘟起嘴。

「好啦，駕駛別看這邊。要變綠燈嘍，看前面。」

「是是是。」

車子緩緩地滑行駛去。

對了，宗史想起有件事想問這傢伙。

「為什麼那個房間裡會有金魚缸？」

「咦？」

「連過濾器都有。那是為了什麼情況準備的儲備物資啊？」

「……啊～對耶，有那種東西呢。」

「呃，說什麼『對耶』？你不是因為知道有那種東西，才把金魚塞給我嗎？」

「不不，我忘得一乾二淨啦。想說就算什麼都沒有，至少還能養在臉盆之類的地方。」

原來如此～剛好有準備啊～～孝太郎不負責任地說著。

「所謂的庇護所，一般都是平常沒在使用的房間嘛，之前也拿來當成倉庫使用過。我想大概是當時就放在那裡的東西吧。」

什麼啊？宗史心想。

「……那你為什麼要我養金魚？建議伊櫻……小姐這麼做的是你吧？」

「哎呀，那倒沒什麼深意啦。」

真要說的話——孝太郎插了句話。

「人類如果一直關在房裡沒事可做，不是都會開始想些有的沒的嗎？像江間先生這種類型的人更是這樣。所以我想，如果有個需要費心照料的對象，不是比較好嗎？」

「啊？」

對方說了他意料之外的話。

「就為了這樣的理由？在這種非常時期裡？」

「正因為是非常時期，內心的平靜可是很重要的。我很貼心吧。」

孝太郎咯咯笑著。

「話說回來，養魚似乎也會產生動物輔助治療的效果喔，不覺得有點妙嗎？所謂的動物一般都會讓人聯想到貓狗吧，然而生物學上的分類好像不是這麼一回事。確實啦，魚也有脊柱，所以要說是脊椎動物也沒錯，但總覺得讓人有些困惑啊。」

毫無內容可言的輕浮話語，接連從孝太郎的嘴裡吐出。

決定讓它們左耳進右耳出的宗史暗自咂了聲舌。

「……真是的。」

擅自多管閒事。

他懷著三分認真，在心裡碎念道。

◇

他們回到庇護所了。該做的事很多：洗手漱口、簡單檢查是否有人入侵。等到事情告一段落後，宗史打開了冷氣的開關。

「呼……」

宗史吹著冷風，稍事休息。感覺汗水漸漸消散。

遮掩著落地窗的紗簾，在陽光照耀下閃閃發光。他望向一旁阿爾吉儂的背影。

「妳在做什麼？」

聽到這聲詢問，阿爾吉儂緩緩轉過頭來。

「街道……」

「妳在看街道嗎？」

她微微地點了點頭。

宗史站到她身邊，眺望著相同的景色。太陽逐漸西移，照亮了構成街道的白與綠，以及無邊無際的蔚藍大海——亦即在眼前展開的無垠世界——讓景色顯得閃耀而璀璨。

他瞇起眼問道：

「妳也會覺得這樣的景色很美之類的嗎？」

沉默了片刻——

「我不是……很懂。」

視線就這樣停留在窗外的阿爾吉儂如此回答。

「妳的感性與人類果然不同嗎？」

「這點……我也不懂。我——」

她輕輕地將手掌貼在窗戶的玻璃上。

彷彿要將什麼握進手中似的彎起手指。

「——我不明白……自己正感受著什麼。難以言喻。」

「這樣啊。」

這傢伙並非現在才開始無法言明自身感受。而那也是理所當然的，因為她只能使用真倉沙希未所知的詞彙。從頭至今，那些能表達自己、屬於自己的詞彙，她一個都沒有。

儘管如此……

「妳多少了解自己了嗎？」

宗史試著問她。

阿爾吉儂回過頭。由於兩人有著身高差距，她呈現仰望的姿勢。

「我是進入**沙希未**身體裡的寄生生物（parasite），對吧？**小梅**說過了。」

「小梅？」

「就是那位醫生。」

啊，原來是那個年邁的女醫生？她居然有個這麼可愛的名字啊？

「前所未聞的寄生生物封住了**沙希未**的意識，還奪走了她的身軀，對吧。」

她看似無力地笑了笑。

「也就是個邪惡的怪物呢。」

阿爾吉儂如此說著。

宗史無言以對。

他好不容易將失去的詞彙匯集起來，發出聲音。

「——當我在研究大樓發現小沙希未時，她受了傷，以位置來看有可能會是致命傷。若不是妳偶然進入她的身體，或許她已經死了。」

宗史回想起最早看到的那張X光片，白影所覆蓋的位置——亦即高爾．媧達耶修復過的地方——與幾個主要器官的位置重疊了。

「是這樣嗎？」

「就這點來說，我很感謝妳——謝謝。」

「這樣啊……我有派上用場嗎？那讓人……有點……開心呢。」

阿爾吉儂微笑著，然而笑容依舊無力。

「我很感謝妳。但是……」

「我知道，你想幫助**沙希未**，對吧？」

她伸出指尖，按在宗史的嘴唇上。

「希望我能就此消失——你是這麼想的吧？」

這樣的一句話……

既無矯飾也沒有能找藉口的餘地，確實說中了宗史內心的期盼。

「沒錯，你不必擔心，因為我也是這麼想的。」

阿爾吉儂露出溫柔而澄澈的微笑。

「邪惡的怪物應該消失，你的願望並沒有錯喔。」

「……妳……」

「反正我在不久的將來……就會消失了吧？」

宗史倒抽了一口氣。

「妳知道了嗎？」

「嗯……總覺得會這樣。」

阿爾吉儂點點頭，旋即像是想起什麼似的說：

「啊，不對。這種時候應該這樣講才對：『自己的身體我自己最明白。』」

她刻意壓低聲音，以硬派主角的聲線說著……然後「呵呵」，開心地笑了。

這傢伙為什麼……笑得出來？宗史無法理解。

「來做個……約定吧。」

不待宗史反駁——或者該說是反應過來——阿爾吉儂單方面地宣告。

「儘管沒辦法馬上就這麼做，因為我現在如果離開，**沙希未**的軀體就會毀壞，然而在不遠的將來，時候總會到的。到時候——」

她的指尖離開宗史的嘴唇。

「我會想盡辦法……將這副軀體還給**沙希未**。」

「但那樣一來——」

「沒錯，我……我這個體並非生物，要是不依附在其他宿主身上，就連模仿生物都做不到。但是——」

她輕盈如跳舞般地快速轉了個身，背向宗史。

白色裙襬微微飛揚。

「到時候，我就再跑到別的生物體內吧。」

「啥？」

宗史完全沒有預料到她會提出這種做法。

「妳能做到這種事嗎？」

「誰知道呢？」

「說什麼『誰知道呢』啊……」

「我……對於自己一無所知，不知道的事無從回答……不過——」

阿爾吉儂拉上了窗簾。

穿透紗簾的陽光遭到遮蔽，屋裡登時暗了下來。

「如果是邪惡的怪物，想必會很頑強吧。」

在說什麼啊？

儘管這番論點聽起來很莫名其妙，也不合邏輯。但是……

「我明白了。」

縱使無法理解與認同，宗史依舊只能這樣回答她。

「我答應妳，屆時我至少會協助妳尋找下一個身體。」

「啊，那真是……幫了大忙。」

「妳有什麼請求嗎？只要是在不違反華盛頓公約的範圍內，我可以聽聽看。」

「這點也讓人很高興呢。讓我先想想吧。」

阿爾吉儂這麼說著，離開窗邊。

她背向宗史，隱藏自己的表情。

（4）

渡瀨附屬國中目前正在放暑假。

當同學們正盡情徜徉於山海，或是為了大考埋首苦讀之際，門崎伊櫻增加了在奶奶醫院裡幫忙的排班時數。她並非出於孝順才這麼做，而是看中打工的薪水，因為奶奶給的薪資還算不錯。

當然，倘若是正規的醫療場所，國中生能幫上的忙也就那些。不過在奶奶這種算是旁門左道的醫院裡，能做的事情卻意外地多，比方說整理文件、清潔消毒、維護飲水機、照料觀葉植物、趁著空檔和向她搭話的患者們天南地北地閒聊，以及——確認並管理監視攝影機的畫面確認等。

忙的日子是真的很忙。

至於不忙的日子嘛……倒是挺不忙的。像這種時候，奶奶就會跟她說：「今天可以下班嘍。」而伊櫻便會毫不客氣地脫下作為道具的護理師（制）服，離開醫院。不過——

「哎呀哎呀～～小仲田，我們的交情挺好的吧？嗯嗯，那件事儘管交給我……嗯，別擔心，萬事都ＯＫ了。對了對了，所以麻煩跟你老闆講一下……對，就是那件事——」

伊櫻出了醫院正門，隨即就遇上一個怪人。

那怪人是個染了一頭銀髮，看似玩世不恭的青年。

總之，對方正是「話癆」篠木孝太郎。只見他正背向這裡，以智慧型手機跟某人通著電話。

「——嗯嗯，那就先這樣。拜——」

孝太郎口吻輕浮地不知道說了些什麼，接著掛斷電話。

伊櫻朝「呼～」一地吐了口氣的他走近——

「喂～～！」

以指尖戳了戳他的背。

「喔哇！」

一個大男人被這出乎意料的舉動嚇得不輕。

「孝太郎，你在這裡做什麼？」

「……哎呀，小伊櫻，今天天氣真好呢。」

「先別談天氣。你不要在人家家門前像詐騙分子一樣講那麼久的電話啦！即使你不是在做那種事，別人看我家醫院的眼光也都有點懷疑了。」

關於門崎外科醫院的風評，當然只能說是自作自受。

故意撇除那部分來指責孝太郎，是伊櫻的壞心眼。

「被說成詐騙分子還真令人遺憾耶。我可是表裡如一，認真地在談合約唷！」

「就算是這樣，但孝太郎光是說話感覺就很像詐騙。」

「未免也太過分了吧？」

即使嘴上抗議，孝太郎依然帶著一副輕浮的笑容。

「所以你為什麼要在這種地方談合約？不是有事找我們？」

「啊～～嗯，本來有個案子在想要不要拜託小梅女士呢。不過剛才找到另外可以幫忙的管道，所以就不需要嘍。」

「嗯——？」

伊櫻偏著頭。

「意思是你完成了一件工作，現在很閒嘍？」

「才不閒呢！眾所愛戴的『話撈』無論何時都忙得不可開交，連擦汗的時間都沒有。」

「嗯——？」

伊櫻滴溜地轉了個身。

「去喝個茶吧。我肚子餓了。」

「喂～～喂～～小伊櫻，妳有聽到我說的話嗎？」

「聽到了聽到了。呃……我身上還有折價券嗎？」

「喂～～喂～～」

「你再磨磨蹭蹭的話，我就先走嘍？」

不待孝太郎回應，伊櫻輕快地邁步向前。

◇

從深路車站南側出口步行兩分鐘，一棟小小的住商混合建築裡，一至三樓進駐了一間廣為人知的大型連鎖漢堡店。一樓有十七個、二樓有三十八個、三樓有三十二個座位。過去三樓可以抽菸，然而不知是否順應潮流，不久前改為全店禁菸了。

門崎伊櫻深知如果要聊天，到三樓比較好。可能因為以前原本是吸菸區吧，比起樓下，入座的客人比較少。

「真倉沙希未小姐是個怎樣的人？」

伊櫻捏著一根軟掉的薯條問道。

「雖然不太清楚，但和那個小儂應該很不一樣吧？是個好人嗎？」

「就算妳這樣問我也……我也不認識她喔。」

孝太郎以指尖不斷敲著咖啡杯，如此回答。

「據說是江間先生過去當家教時的學生。久別重逢，卻變成這樣。」

「家教、學生……」

伊櫻玩味著兩個詞彙，靈光乍現。

「他們交往過嗎？」

「JC（註：國中女生的簡稱）的想像力還真是可怕。要是做出那種事絕對會被冷眼對待的，一個不好甚至會被警察帶走喔。」

「欸～～真無聊。」

伊櫻嘶起嘴。

「我同意妳的想法，但在這世上過於追求刺激是不會有好結果的。」

「唔……這種話從孝太郎嘴裡說出來，還滿有說服力的……」

「對吧？我所散發的大人威嚴讓人有這種感覺，對吧！」

「畢竟你就是沒有好結果的大人反面教材呢。」

「講得這麼義正詞嚴很傷人耶！」

伊櫻故意裝傻，把孝太郎完全看不出內心受創的抗議當成耳邊風。

她盡情地咬著期間限定的雙層酪梨漢堡。

「不過嘛，我在工作上的確有稍微調查了一下。」

孝太郎捏起一根薯條，看似興趣缺缺地說。

「真倉沙希未，十九歲，大學生，就讀渡瀨大學文學院二年級，朋友不多，是個如妳所見的美女，似乎因為常遭人嫉妒或誤會，對於人際關係感到厭煩。大概是比起一一解釋那些誤會，獨來獨往比較輕鬆自在吧。」

「嗯……？」

嘴裡滿是食物的伊櫻率先以鼻子哼了聲回應。

她大口喝著可樂。儘管吃相並不符合餐桌禮儀，不過這裡可沒有會因為這種事而指責她的拘謹大人。做了就贏了。

「感覺和小儂差很多耶？」

「嗯，對啊。真要說起來，她和江間先生比較像吧。」

「啊……」

伊櫻側頭想了想，回憶著出現在話題裡的江間宗史。

對方看似是個沒有特別值得一提之處，相當普通的青年。勉強還算認真，略顯軟弱，有點溫柔，類型感覺隨處可見。

與方才聽到的真倉沙希未一點都不像。

「……那江間先生是個什麼樣的人？我沒怎麼跟他說過話呢。」

「嗯？嗯……那個人啊，該怎麼說呢？沒錯……是個曾吃盡苦頭的人喔。」

嗯，的確是有這種感覺沒錯。

然而有求於奶奶醫院的人們，都懷抱著各自的難處，幾乎沒有人活在這世上不辛苦吧。

是以如果只有這樣的說明，聽不出什麼特別之處。伊櫻等著孝太郎繼續說下去。

「過去發生了很多事。他就像罹患了某種社交恐懼症那樣，無法與他人建立信任關係喔。除非有相同的利害關係或是彼此身為交易對象的表面藉口，否則他沒辦法與人交流。」

「喔……」

她想起來了，那人因為突然多出一個室友而手足無措，不知該如何是好的模樣，是因為他一直以來都視孤獨為理所當然的生存方式嗎？原來如此。她能理解。

「咦？可是——」

用手比……感覺不太禮貌，於是她拿了根薯條指向眼前的男子。

「孝太郎自稱是他的好朋友吧？這不是很奇怪嗎？」

「哈哈！哎呀，我是他的粉絲，所以稍微抄了條捷徑。」

「什麼啊？」

「既然沒辦法建立信任關係，不要信任就好啦。簡單簡單。」

「……不不，我聽不懂。」

「我跟他約法三章過嘍，發生萬一時絕對會背叛他。」

「啥？」

伊櫻懷疑起自己的耳朵。

所謂的背叛……呃，也就是那麼一回事吧？好比說成為敵人、背刺一刀之類的，既非好事且無人樂見，不值得自豪也沒辦法拿出來說嘴。啊，但或許的確算是與信賴完全相反的一種關係……不過這種事情先說就沒意義了，照理說也不會有人如此約定。唉唷，完全搞不懂。

「而江間先生相信了這件事——篠木孝太郎在發生萬一之際會與江間先生完全切割，是個自私自利的人。哎呀，當時我好高興呢。」

…………嗯，總覺得想弄懂這件事本身就是錯的。

「我知道江間先生是個怪人了，還有孝太郎也一樣。」

「嘿嘿，對吧？」

為什麼聽到這種評價還能這麼高興地擦著鼻尖啦？

（真是搞不懂男孩子耶。）

伊櫻一邊發出聲音吸著剩下的可樂，一邊暗忖。

如果不去思考實際年齡，對方感覺就跟班上的男生一樣孩子氣，所以說成男孩子也沒什麼不妥吧。她想著。

嘟嚕嚕嚕！嘟嚕嚕嚕！

她還在想是什麼聲音突然響起，原來是智慧型手機的來電鈴聲。

「……抱歉，我離開一下。」

「啊，嗯，你去吧。」

孝太郎從側背包中取出智慧型手機，自座位上站起身。

（……不是剛才那支手機……）

孝太郎在醫院前拿著的手機殼是紅色的，現在卻接起裝著綠色軟膠殼的手機。

說起來，如果在工作上必須區分多位聯絡人，這或許並不是件罕見的事。所謂的「話癆」極有可能是這類型的工作吧，所以也沒什麼好奇怪的。

然而在聽到來電鈴聲的瞬間，孝太郎明顯緊張了起來。

唯有這件事微妙地引起了伊櫻的注意。

（5）

不要改變態度，宗史如此告訴自己。

阿爾吉儂並非敵人。儘管以幫助沙希未的角度來看確實是個阻礙，但她有所自覺，甚至主動退讓。如果相信那番說詞，她何止不是敵人，還是與自己同一陣線的夥伴。

因此已經沒有理由對這傢伙懷著敵意了。

況且目前的阿爾吉儂依舊一如往常，聽宗史的話、順從他的指示、想做什麼的話會說出口，全心全意地相信並依靠著他。至少他是這麼感覺的。

即使如此——

宗史再度告誡自己不能掉以輕心。這傢伙是個不明生物這點不會改變，包括她自己在內，沒人知道她何時會轉變為怎樣的危險，所以保持警戒是必要的。

要是不這樣想，他似乎便無所適從。

◇

阿爾吉儂說想看電影。

突然在說些什麼啊？宗史心想。

儘管如此，關在庇護所裡也沒別的事可做，自然沒有拒絕的道理。他打開智慧電視，將遙控器交給她。阿爾吉儂那雙泛著藍色的眼眸流露光彩，雀躍地望向螢幕。

「有那麼開心嗎？」

聽到宗史這樣問，她回答：「是的」。

「**沙希未**不怎麼看這類型的電影，所以對我來說都很新奇。」

「這樣啊……」

這番話令他有些意外。宗史所知道的沙希未算是個喜歡讀書的人，總給人一種文學少女的印象。

然而重新回想起來，她似乎偏好非虛構作品，儘管喜歡閱覽文字，卻好像不愛杜撰的故事。雖然這樣的解釋仍有些疑問就是了。

「有推薦的……作品嗎？」

「就算妳這樣問我也……畢竟我最近沒怎麼在看……」

宗史將麥茶倒入玻璃杯裡，稍微想了一下。

「先試著挑戰王道動作片如何？驚悚類的妳可以嗎？」

倒不如說阿爾吉儂本身就像是驚悚電影吧。他半是揶揄地說著。

「我不知道。來看吧……要是看不下去，我會說的。」

她一臉正經地表示。

「……好吧。如果要放棄就早點講喔。」

「好的。」

阿爾吉儂認真地點了點頭。

宗史將房間的燈光稍微調暗。手持裝著麥茶的玻璃杯，兩人並肩坐在沙發上。沒爆米花這點實在讓人有些惋惜。

映在畫面上的是年代略顯久遠的動作電影。

以二十世紀初的巴黎為舞台，厭倦無聊的不死吸血鬼們將一名少女視為獵物爭奪。畢竟競爭者們全都不會死，無論做什麼看起來都很草率粗糙。街上遍地是血，到處都能聽見人類的哀號。

「……說起來——」

一名吸血鬼化身為蝙蝠，飛翔在夜晚的霧中，不知從何處落下了無數鐵棒。儘管他拚命地閃躲，卻仍遭其中一支貫穿心臟，被釘在如凱旋門般的石壁上。

「妳做得到這種事嗎？」

「這種事是指？」

「好比說超能力，或是從背上長出翅膀之類的。」

「……原來如此。」

一旁的阿爾吉儂小幅度地晃動肩膀。

縱向晃著，橫向晃著。

接著握緊小小的拳頭而後鬆開，試著上下左右地擺動。

「我不知道……該怎麼做。」

「這樣啊……」

只是隨便問問而已，這傢伙還真是認真，宗史想著。無法滿足宗史的期待似乎讓她相當遺憾，不過要是成功還得了？倒不如維持這樣就好。

畫面裡的劇情進展著。

吸血鬼青年擄走了身為女主角的少女，向她解釋事情的來龍去脈——渴求刺激的吸血鬼們所舉辦的享樂宴會，以「誰能奪得目標對象的血」為宗旨所展開的競賽遊戲。對此難以接受的少女情緒激動，摑了吸血鬼一巴掌，兩人吵了起來。此時有別的吸血鬼來襲，他們趕緊逃離，邊互罵邊穿梭於街道之間。

看似廉價的電腦合成影像接連播放著。

隨著故事進展到後半段，情勢不變，吸血鬼獵人現身、吸血鬼們成了獵物、陰謀昭然若揭、吸血鬼青年負傷，以及少女的呼喊與淚水。然後——

在蒙帕納斯邊陲地帶的一棟老舊廉價旅館客房裡，只見兩人剪影相互交疊，雙雙往床上倒去。

「…………」

慘了。宗史心想。

儘管近年來電影的這種場面變少了，過去的電影裡卻總是會有這種約定成俗般的劇情發展，亦即所謂的床戲。

（該怎麼反應才好……？）

宗史偷偷瞄向阿爾吉儂。

只見她沒有出現預期中的反應，以一如方才觀賞動作場面時的姿態盯著畫面。

宗史對此感到安心，卻又覺得她的反應不太對勁。

這傢伙該不會無法分辨戰鬥與戀愛場景的差異吧？無論如何她都不是人類，所以不能完全排除她的感性從根本上就異於人類的可能性。呃，到底如何呢？

（哎……既然這傢伙沒有反應，只有我大驚小怪也很怪吧……）

在宗史對這種無關緊要的煩惱遲遲得不出答案之際，故事仍持續進行。

心意相通的兩人以絕佳默契聯手度過危機，戰勝敵人，緊接著是別離的場面。塞納河遠方旭日東升。而少女回過頭，卻早已不見吸血鬼青年的身影。

片尾工作人員名單播放時，他聽見身旁的阿爾吉儂深深地嘆了口氣。

「有那麼好看嗎？」

聽見宗史的問題，她用力地點了點頭，接著才回答：「是的。」

「還有續集喔，要看嗎？」

阿爾吉儂猛地回過頭，眼神裡甚至帶著熱度，直直射穿宗史的雙眼。

「……好喔。」

他按著遙控器。

接連看了三部電影後，太陽理所當然地已經下山，夜也深了。

雖說沒別的事可做，但還真是度過了墮落的一天啊，宗史想著。

然而卻是段充實的時光，令他有些不甘心。

說起來，注意一旁的阿爾吉儂悲喜起伏的情緒也是種樂趣。這難道就是共享相同時光的感覺嗎？

「妳和小沙希未果然很不一樣呢——」

隨著阿爾吉儂的詞彙量增加，對話也變得順暢許多，宗史這才看出她的性格……總算能將兩人做個比較了。

在他的記憶裡，真倉沙希未是個聰明而好強的孩子，個性伶俐、說話直率，同時也很會裝乖。似乎與同輩孩子們處不太來的她，對欠缺協調性的自己抱著矛盾情結，卻仍堅持認為即使如此也無所謂。

總結而言，她有著雖然善於撒嬌，但並不會依賴他人的性格，宗史對這點有印象。當然，六年間的成長恐怕已讓她產生了某種程度的變化。即使如此，無論怎麼發揮想像力，目前阿爾吉儂的模樣都無法與過去的她重疊。

宗史真的累壞了，他邊打著呵欠邊準備就寢。

淋浴、刷牙、稍微做個伸展操，接著只差躺上床。

照理說應該是這樣，穿著睡衣的阿爾吉儂卻坐在沙發上。

「……妳該不會還想看吧？」

阿爾吉儂沒有回答他。

「明天再看。好了，快回去臥室吧。」

她動也不動。

「我說呀——」

宗史越說越激動。而像是要打斷他似的——

「這裡就好。」

「——啊？」

「我也想……在這裡休息。」

這傢伙還真是提出了奇怪的要求呢，宗史心想。

「這裡是我的地盤，妳的在對面。我不打算跟妳交換。」

「我不是要交換。一起就好。」

「呃，我說妳呀——」

「能聽見**宗史**鼻息的距離……就好。可以的話……更近也行。」

「駁回駁回。別鬧了，一個人去睡吧。」

「無論如何都不行嗎？」

「無論如何都不行。不管是我的個人意見、道德、常識、世俗眼光，還是法律，都表示妳應該睡在臥室。」

「這樣……啊……」

阿爾吉儂有些沮喪地背向他。

「如果是**宗史**、道德、常識、世俗眼光，還是法律都這麼說，那就沒辦法了……」

望著那嬌小的背影，一股不明所以的罪惡感刺痛了他的心。

「……明天見了。」

他下意識地如此對她說。

「好的。」

阿爾吉儂回過頭。

「明天……見了。」

笑得曖昧的她如此回答。

第四日：

day：4

人類將他們所發現的最大錯覺
命名為「愛」。

——西灘真希《端坐於群星龍首》

阿爾吉儂與金魚缸

（1）

根據後續報導指出，建築物本身有許多不完備之處——火災警報器有缺陷、難以排煙的複雜格局、大量囤積的易燃物，以及從未好好進行安檢的老舊瓦斯管路。這麼多年來，無論何時發生大火都不足為奇。專家一臉嚴肅地發表意見。

然而當時，沒有人聽進去這番話。

事件大致上是這樣的：時間是五年前的六月二十九日傍晚，案發現場為位於陽之里車站附近的四層樓建築，許多商家林立的那帶發生了火警，起火點在二樓的古著店，起火原因不明。當時火災警報器不知為何失靈，樓上在消防署掌握局勢之際已全部陷入火海，濃煙密布。

死者六名，傷者十七名。

面對這樣突如其來的悲劇，任誰都哀嘆不已。尤其是逝者家屬，突然遭受失去至親摯愛的衝擊使他們無法動彈，跪倒在地。

當中，有個青年勉強撐著，振作了起來。

被大火奪去雙親與兄長的他同樣懷著傷痛，儘管如此，他仍努力往前看，並向周遭的人們表示——儘管悲傷，儘管艱辛，但逝者想必不會希望看到我們永遠垂頭度日。擦掉眼淚振作吧。

相當積極正向、符合人道而認真的一番話。

但他大錯特錯。

『在這種時候居然還能振作，也太奇怪了吧？』

有人在社群網站上說出了這種話。

陷入極端的悲傷與痛苦之際，什麼也做不了不是理所當然的嗎？除此以外的行徑根本是不在意死者的無情表現，甚至還要求旁人接受那番道理，再怎麼沒常識也該有個限度。

無關乎青年的言行舉止，這樣的論調迅速傳遍街頭巷尾。見狀，更有人天馬行空地加油添醋。

那傢伙有領到保險。

那傢伙應該很缺錢。

是那傢伙放的火吧？

絕對是那傢伙放的火。

火就是那傢伙放的。

罪犯。

死刑。

警察在幹嘛呀？殺人犯在那裡耶——

本來只是臆測的閒言碎語，卻隨著謠言滿天飛而輕易成真。有人像是掌握了內情，做出分析青年罪刑的影片，被轉推、分享、轉發，隨後八卦雜誌更對此大肆炒作。

青年的家門上被人以噴漆胡亂噴上猥褻的塗鴉，信箱裡每天都被塞進恐嚇信。鄰居們原本大致上是同情他的，然而隨著時日一久，也都紛紛以眼神示意「希望你能盡速搬離這裡」，直接朝他扔石頭的更是所在多有。

即使如此——

事實上，如果只是這樣，他還能忍受。

遭辱罵也好，被扔石頭也罷。

如果討厭的言行及傷害只停留在這裡，江間宗史倒還不至於一蹶不振，能夠好好地活下去才對。

◇

兩人的意見出現了分歧。

宗史想看戰爭電影——遭友軍見死不救而被迫留在最前線的小隊，想盡辦法尋求一線生機。儘管是個沉重的題材，卻充滿詼諧的橋段，後半段劇情更是賺人熱淚，有著諸如此類的特色，是自上映之際就蔚為話題的一部作品。

另一方面，阿爾吉儂想看的則是間諜電影，是昨晚看過的電影續作，描述敵國的間諜偷走了某種能瞬間扭轉僵持戰況的最新軍事武器設計圖，必須趕在這些機密被帶往國外以前追回才行。充滿了解謎、動作，以及浪漫的要素，是一部內容豐富的大作。

順帶一提，因為有平板電腦，宗史也曾提議兩個人各看各的，但阿爾吉儂拒絕了。她強烈希望兩個人一起看，彼此共享這段體驗而毫不讓步。

宗史出了石頭。

阿爾吉儂出了布。

「我贏嘍。」

阿爾吉儂以鼻子哼哼笑著。要看什麼就這樣決定了。

與昨天跟前天不同，今天沒有急事需要外出。應該乖乖地待在屋裡。而宗史詢問今天打算做些什麼之際，阿爾吉儂率先提出要繼續昨天所做的事。

亦即專心觀賞電影或影集，度過這一天。

只要訂閱任一種影音平台的定期定額方案、備妥一台支援播放的智慧電視，想看多少片都沒問題。在過去如果要這麼做，就非得往返於ＤＶＤ出租店不可。

「真是方便的世界啊……」

宗史一邊喃喃自語，一邊撕開洋芋片袋。

表情比起昨天更加豐富的阿爾吉儂，看似迫不及待地坐上他隔壁的沙發，「快點——」地催促著。

「是是。」

他按著遙控器，開始播放今天的電影。

宗史支手撐著臉頰，漫不經心地看著螢幕，一如預期地不怎麼開心。

作為一部電影，它絕對不算乏味，無論是劇本、演出，還是演員的演技都無可挑剔。不過話又說回來，宗史對於電影的認識，也沒有詳盡到足以挑剔上述那些細節就是了。

他之所以無法盡興的原因，與上面提到的幾點完全不同。他在理應情緒高漲的片段一臉嚴肅，在應該緊張不已的橋段卻不由露出了苦笑。

「為什麼？」

阿爾吉儂問得直接。

「畢竟我是個偶爾也會從事間諜工作的民間人士嘛。」

宗史抓著一片洋芋片，如此回答。

「知道虛構作品的表與裡可說是有好有壞，有些人能更加享受，有些人則沒辦法。而我就是屬於沒辦法的那派。」

「是那樣嗎？」

「沒錯。」

畫面中，精明幹練的間諜主角入侵敵方基地，鑽著守衛及攝影機的死角，鎖定了藏在深處房間的機密文件。

「如果是這點程度，我勉強也能辦到——只要一這麼想，就沒辦法真心覺得電影有趣了啊，因為親身體驗的當下絕對更緊張刺激，也會開始在意還原度這類的細節。」

更何況他前不久才做出類似於這一幕的事，當時還附加了被火焰追趕的情境。

「倘若要看這種虛構電影，我想享受與自身經歷完全不同的人生。」

「原來如此。」

阿爾吉儂微微偏著頭。

「也就是說，如果我看了這部電影，就能稍微了解**宗史**的人生嗎？」

「誰知道呢——？」

槍戰展開，主角一面跳過一棟棟建築物，一面連續開槍射擊。追兵一個個被橫掃擊敗。

「這個呢？」

「妳是指什麼？」

「**宗史**也勉強有辦法應付槍戰嗎？」

「不，那倒不行。我受夠開槍射擊和被射了。」

「你做過嗎？」

「我是被波及的，完全不想再碰到第二次。」

「那不用槍的近身格鬥戰呢？」

「那種是格鬥家的工作啦。我對逃竄與躲藏多少有自信，至於和對手互毆則與我的個性不合。」

「你沒說……做不到耶？意思是想做……就做得到嗎？」

「我不想做，所以已經做不到了。」

「是這樣啊……」

阿爾吉儂稍作思考般地停頓了一會。

「**沙希未**好像喜歡玩用槍射擊殭屍的遊戲。」

喔……

「我也喜歡那種的喔，畢竟殭屍本來就已經死了，無論做什麼都不會受到良心譴責。」

然而一旦當對手變成人類，情況就不一樣了。宗史搖了搖頭：

「總之，我對真槍實彈的戰鬥敬謝不敏。之前我曾出過一次手，結果下場相當慘，所以下定決心絕對不要重蹈覆轍。」

「即使是個間諜？」

「我只是偶爾會從事間諜工作的民間人士。動作片裡的間諜大致上都奉驚險刺激的行徑為圭臬，而現實中的間諜則以平凡無奇為信念。」

「唔……」

那是個看似無意而自然的舉動。

「砰咚！」阿爾吉儂的頭靠上宗史的肩膀。他立刻把她給推回去。

「不行嗎？」

「不行。」

她看似撒嬌般地鼓起了臉頰。

這舉動是打哪裡學來的？不，怎麼想都是從沙希未的記憶裡抽出來的。可是——

「是因為這是**沙希未**的身體嗎？」

「沒錯。」

「那如果是**孝太郎**，你就能接受嗎？」

「我收回剛才的話。誰都不行。」

別給我想像那種事啦。

「是嗎？」

「沒錯。」

總覺得這段對話有夠蠢。阿爾吉儂雖然一臉認真地說著，但就連這點看起來也像是在表演搞笑短劇。

「我真的……那麼……不可愛嗎？」

「嗯？」

當下，他無法理解她那個問題。

「我只能仰賴**宗史**的憐憫而活，所以……希望你能稍微對我有點感情。」

「——啊……」

原來如此。儘管花了點時間，但宗史總算理解她想說什麼了。
意思是，她想努力討好與自己實質上的飼主沒兩樣的對象吧？
他蓄力在中指上，朝她的額頭彈去。
「好痛。」
「真是的，才想說妳總算能順暢地說話了，沒想到淨講些無聊的事。」
「這話很無聊嗎？」
「沒錯，不准再講第二遍，也別再那樣做了。」
「不能做嗎？」
「沒錯。」
手足無措的阿爾吉儂顯得有些茫然。
接著，她抱起手邊的抱枕，緊緊摟著。

（2）

畫面轉到今天的門崎外科醫院。

沒有客人上門。

循規蹈矩的客人，想必本來就會選擇大街上的正派醫院，唯有因故無法前往就醫的客人才會來這裡，是以門可羅雀根本稀鬆平常。

昨天和前天都接連帶著病患跑來的江間宗史，今天似乎不見蹤影，這實在令人欣喜，表示目前沒有發生令人頭痛的事情。

「都沒客人來耶。」

閒閒沒事做的伊櫻在診間的床上玩著遊戲掌機。這個房間裡的冷氣最強。

「妳還真慵懶呢。雖然我不會叫妳離開，但再稍微坐得端正點吧。」

「又沒關係，今年夏天的趨勢可是軟體女子喔，軟趴趴的感覺很棒呀～～」

她啪噠啪噠地揮舞著手腳。

「那是哪個世界的流行趨勢啊？」

「在無限的世界線裡一定有這種地方的啦。」

「那妳就等到了那裡再軟趴趴吧。這條世界線上的本日趨勢，可是儀態端正的出色淑女喔。」

「出色淑女這種說法感覺好老派。」

「畢竟我也上了年紀嘛。」

唔～～伊櫻不悅地碎唸著，從床上爬了起來。

她關閉遊戲，望向奶奶的辦公桌。奶奶理應與自己一樣閒，卻從剛剛開始就不停操作著滑鼠，閱讀著某種檔案。

「妳在看什麼？」

「這個嗎？呵呵，是某個研究所的機密文件呢。傳說一旦讀了，就會被暴徒們一個不漏地奪去性命的——」

「啊，是小儂的研究資料呀。」

「——居然一點都不怕？這樣就沒有恐嚇的價值了。」

「如果會怕這種事，我就不會在奶奶這邊打工嘍。」

「也是呢。」

年邁女醫接連下拉捲軸，瀏覽著檔案。

「裡頭有記載什麼有趣的事嗎？像是很會吃青蛙之類的。」

「不，說起來那項研究似乎遇上了很大的瓶頸呢。看起來有用的資訊在昨天就已經告一段落了……為什麼是青蛙？」

「總覺得還滿可愛的。」

「妳的審美觀真難懂啊……」

年邁女醫嘆著氣，關閉檔案。

保險起見，她一面設想或許這份報告運用了暗號（隱寫術），一面仔細檢查了所有資料，結果卻是可笑地毫無斬獲。宛如從未想過會發生資訊戰，就只是將檔案丟進隨身碟裡的實驗資料罷了。

而這些不帶暗號的檔案資料，也只能讓人了解研究的概略過程，幾乎看不出詳細內容。倘若有人要求以這些資料為基礎再次展開研究，只會被人出拳狂毆而已——差不多就是這種程度。

如果因為瀏覽了這份機密文件而置身絕命危機，「那你們就給我好好替文件加密啊！」她絕對能理直氣壯地這樣回嘴。真是個粗糙的寶物。

先不論有沒有提到青蛙，報告裡的線索似乎的確只與那孩子——阿爾吉儂——的個體資訊相關。

「模仿人卻非人呀……」

「嗯～～？」

「哎呀，仔細想想，這不就像是理想的「中文房間（Chinese room）」（註：為反駁通用人工智慧的思想實驗，由美國哲學教授約翰·瑟爾於1980年發表）嗎？」

「中文？小儂會講嗎？」

「不，這是對圖靈測試（註：以「機器能否表現出與人一樣的智力水準」為目的所提出的思想實驗）所作的假設喔，是人類為了評斷人類以外的存在能否像個人所進行的實驗。」

將一名完全不懂中文的英國人關在小房間裡，他手邊有一本相當厚的說明書。接著從房間外遞入畫著神祕符號的紙片，英國人從說明書中尋找該符號，再根據上頭的指示將相應的符號畫在其他紙上，遞出房門。反覆進行這個流程。

而紙上的東西對這名英國人來說是意義不明的符號，實際上卻是中文。遞入房內的是以中文寫成的問題，說明書上記載的符號——亦即遞出房門外的紙上所寫的內容——則是相對於問題的答案。此時在房外的人看來，應該會認為「房內的人是懂中文的」吧……這就是古典思想實驗「中文房間」的概要。

「也就是說？」

「這個實驗認為『像人類般思考』與『只是假裝像人類一樣思考的某種存在』是難以輕易分辨的。」

對此有很多反駁。而電腦發展至今，這個假設也顯得破綻百出。即使如此，在思考「所謂的意識到底是什麼？」之類的問題時，「中文房間」仍是具代表性的思想實驗。年邁女醫如此說道。

「雖然我不太懂……」

伊櫻顯得相當困惑。

「所以小儂實際上是人類嗎？」

「她思考的模樣看起來就像個人類吧？正是在探討這點本身的真偽。這世上也有動物會模仿獵物的聲音，進而誘騙牠們。而她或許也是對人類這樣做的一種生物。發出這種聲音，就會得到相應的回饋——說不定她只是因為累積了這類資訊，才會做出那樣的行為。」

別講些很難的東西啦……伊櫻如此嘟噥，隨即露出豁然開朗的表情。

「想起來了，我之前曾經讀過喔，是叫哲學殭屍（Philosophical zombie）吧？說是如果有那種外表與思考看起來和人類完全一樣的殭屍存在，大家不就都無從分辨了嗎？」

「哦？你們上課有講到萊布尼茲（註：哥特佛萊德．萊布尼茲，十七世紀哲學家，在數學史及哲學史上有著重要地位）之類的嗎？」

「啊，嗯，沒錯沒錯，就是這樣。」

「……該不會也有出現在漫畫之類的吧？」

「嘿嘿。」

伊櫻瞥開視線。

「那我問妳，聽了那個殭屍的故事後，妳怎麼想？」

「問我怎麼想……呃，我覺得不怎麼有趣耶。」

年邁女醫蹙起眉頭，不知是否在思考她話中的含意。

「因為我以為那是漫畫的原創設定，想說或許是為了彰顯『人類是很特別的』才創作出來的吧。」

「喔，原來如此？」

「一旦把她當成人類看待，她便會積極表現出一個人類的模樣，對吧？像到任誰都無法分辨。既然這不代表她要騙人之類的，視她為人類又有什麼問題呢？」

說起來啊——伊櫻坐在床上，接著說：

「小儂很可愛耶。雖然身體是大人的，但該怎麼說呢……就像一隻小小的幼犬。也許她的確不是人類，但我很喜歡她喔。」

「這樣啊。」

聽到孫女那句「我很喜歡她喔」，年邁女醫淺淺地笑了。

「啊，該不會江間先生不是這樣吧？他是那種會在意她是不是人類而苛刻對她的類型嗎？妳是在講這件事嗎？」

「怎麼可能啊？」

哈哈！她嗤之以鼻。

「要真是這樣，事情反而簡單多了，不過並非如此。然而那小子卻深信自己是這麼想的，因此，至少在此時此刻，這還是一齣讓人微笑的鬧劇喔。」

「……雖然我不太懂，但意思是他是個好人嗎？」

「就是這樣。好啦，妳有空的話先去冰箱把麥茶拿出來吧，差不多該冰好了呢。」

「好～～的。」

伊櫻走出診間。年邁女醫以餘光目送著她的背影，又將視線移回螢幕上的資料。

在眼前的報告裡有個數字——兩百四十四。

十天又四小時，亦即「高爾．媧達耶」自老鼠（大鼠）體內被排出所花費的時間。換句話說，就是「高爾．媧達耶」所能停留在老鼠（大鼠）體內的極限。

在此時此刻，這的確是一齣讓人微笑的鬧劇而距離它不再是鬧劇的日子，想必也不遠了吧。

（3）

宗史無法理解這傢伙（阿爾吉儂）的興趣。

隻手撐著臉頰的他正望著電視螢幕。

披著沙希未皮囊的那傢伙似乎不知道何謂疲勞，總之就是渴望著各種電影和影集。從早上開始，除了吃飯和上廁所，她幾乎一直黏在智慧電視前。

就隨她去吧，宗史心想。哎，儘管的確不是什麼優良行為，不過以大學生的年紀來說，像這樣消耗時間（與體力）倒也不怎麼稀奇。他想起自己以前也曾像這樣，隨隨便便就打發了一星期左右的時間。

奇怪的是她選擇作品的邏輯。起初是淺顯易懂的動作片及相關系列作品，但中途就不知為何開始穿梭在完全不同類型的作品之間，好比說戰爭劇、家庭喜劇、貓飛狗跳的作品，以及敘述太空探索現場的非虛構片。

而目前播映在畫面當中的，是身穿閃亮服飾的年幼少女們與邪惡侵略者的纏鬥——像這樣的動畫。

「**沙希未**是不看這種類型的。」

「這話我聽過了。」

順帶一提，相比先前聽到的當下，總覺得阿爾吉儂所指的**這種類型**的範圍，正逐漸地拓展擴大。

「一個故事裡有著很多**人**。隔著一道液晶螢幕的彼端，**人類**這個物種正不斷擴展，感覺……非常……厲害。」

「是那樣嗎？」

宗史也喜歡虛構的故事，然而一言以蔽之，那不過是自我厭惡的另一面罷了，並不像這傢伙有著那麼恢宏的理由，是以無法感同身受。

智慧型手機震動了起來。

「……我講個電話。」

「要先暫停嗎？」

「不用，我想應該會講很久吧。」

「這樣啊……」

阿爾吉儂看似落寞地喃喃回答。宗史背向她，按下通話鍵，接著走向隔壁房間。

◇

『是我。你委託調查的事情已經告一段落了。』

那是個冷淡的女人聲音。

說起尋貓專家久保塚，在陽之里這帶算是小有名氣的萬事通，從短暫的保母工作到維修簡單的機械，以及尋找失蹤的寵物——亦即她的稱號由來——工作內容可說是五花八門。而她與活動範圍重疊的尋犬專家西中的關係完全只能以「犬猿之仲（註：在日文裡形容關係水火不容）」來形容。周遭的人對此有些遺憾地表示：「不是狗和貓喔？」

上述是明裡的工作。

暗地裡的她主要以調查外遇等徵信社工作維生。而更深沉的一面則是所謂的情報商人。

『我先口頭向你報告，之後會再把整理好的檔案傳給你。』

「嗯，麻煩妳了。」

『目前梧桐薰正在行動的手下有二十六人，全員手上都傳到了你們的通緝照片。但他們的活動都集中在鬧區，目前也沒有足夠的人手能徹底搜索市區，只要你們不靠近站前或沿海地帶，幾乎不可能直接被發現。具體而言，首先春紫苑商店街便可能是有危險的地點——』

宗史聽取了關於現況的簡單報告。

內容大致上與透過孝太郎掌握的情勢相符。也就是說，他在驗證孝太郎提供的情報的真實性。

「對方沒有放棄的跡象嗎？」

「沒有，但似乎也沒有進入長期戰的打算。」

「意思是來勢洶洶嗎？」

『確實如此。即使到今天已經是第三天了，那邊的上頭依舊積極地交代任務，或者該說相比第一天，聲勢反倒增加了不少。儘管目前看似仍能維持現狀，但也許還是不要鬆懈比較好吧。』

「這樣啊……」

宗史嘆了口氣。

對方的追緝比他原先所預想的還要執著許多，這代表那邊有頑強追殺他們的理由。按兵不動躲到風波平息為止吧——這是他們目前的基本方針。倘若風波無法平息，他們就永遠無法採取下一步，是以宗史不太樂見敵方一直投入如此大量的行動。

儘管一失足成千古恨可說是不變的道理，但就這樣一直關在這裡，事態似乎也不會有所進展。

「妳知道他們為什麼不惜做到這種程度，也要圍困我們嗎？」

『不，那部分我想要是不潛入內部，便無從得知。』

說的也是。宗史心想。

『……另外，這是我的忠告。先不論梧桐集團的追緝，請你暫且還是先躲起來吧。豪理社及德澤瑞克正在找你。』

「咦？」

他失聲喊道。

「為什麼？」

『沒為什麼。你不記得了嗎？去年底的御家騷動（註：指企業或家族等的內爭），你那招把密約紀錄給全盤奪走的高超手段。』

這麼說起來，好像的確有這麼一回事——宗史這才想起。

那是件非常棘手的工作。儘管中途他好幾次想收手，無奈直到最後都沒有機會，只能邊哭邊疾馳而去。

『不曉得他們是想做個了結，還是想延攬人才就是了。』

「不不不，給我等等，那份功勞並沒有算在我頭上吧。再怎麼說也是團隊工作，現身檯面上的應該只有宇賀和小黑姊妹才對。」

『的確，你將功勞推給他們，自己則藏身起來。而那個小伎倆露餡了。』

「……真的假的？」

宗史無語問蒼天。

他只是為了生存，運用了一點身上的技能罷了。畢竟不是值得拿出來說嘴的工作內容，他既不打算藉此出名，也沒有想要讓人肯定自己的手腕。從事這行的人可不是每個都同樣仰慕著詹姆士．龐德。

『除此之外，還有一件事。』

「還有別的喔……」

饒了我吧——儘管宗史真心這麼想，卻無法拿來當成拒聽的藉口。只要有未雨綢繆的必要性，壞消息的存在便不可或缺。他於是催促著對方。

『你似乎仍與那個臭小子有所往來吧？』

拘謹而不失禮節的語氣裡，夾雜著帶有不悅與輕蔑的詞彙

「…………的確，算是吧。」

『這是我個人的忠告，你還是別太信任那傢伙比較好。』

啊，原來是要說這件事啊？

「看來那傢伙還是老樣子惹人厭呢。」

『為什麼講得像是事不關己？你明明應該比誰都要痛恨他才對吧？』

「我……哎，無所謂啦。我對懷著那種情緒多少也累了。」

『你或許想裝成自己寬恕了對方，然而鬆懈必要的戒心就只是怠惰而已。』

還真嚴厲啊。宗史笑了。

「不要緊啦。說起來，我不是也像這樣拜託了妳這個情報商人嗎？代表我並沒有完全相信他所說的話吧？」

『雖然在我看來並非那麼回事，不過無所謂，我已經提醒過你了。要選擇招致怎樣的毀滅都是個人自由。』

「哈哈……」

『啊，最後還有一件事。』

面對宗史「還有什麼事啊？」的疑問，情報商人壓低聲音，語氣認真：

『祝你幸福。』

「我在想，妳手邊的情報該不會有著致命性的錯誤吧？」

儘管宗史提出抗議，久保塚卻聽都不聽便直接切斷通話。

他困擾不已。

◇

玻璃杯破了。

少許麥茶和著融冰與玻璃碎片。

不一會兒，一條血絲滑落桌上。

「啊……」

阿爾吉儂茫然地愣在原地。

此時宗史正好回來，撞見了這幕。他立刻將方才與情報商人之間的對話給忘得一乾二淨。

「妳！」

他快步跑來，確認她的傷勢。

一道長長的傷口在左手掌上斜斜橫裂開來，儘管傷口看起來不深，卻湧出驚人的血量。

「別呆站在那裡，快作處理！處理！」

雖然宗史在她耳邊大聲斥責，但對方沒什麼反應。阿爾吉儂茫然地看著自己的傷口，以及冒出來的血。

無奈的他只好抓住她的手腕，將她強拉進廚房以冷水清洗傷口，確認沒有異物入侵，接著止血，卻不怎麼順利。他用力加壓到她手腕都變白了，耗費好幾分鐘、費盡九牛二虎之力，總算才處置妥當。

「……喔……」

這是阿爾吉儂看了自己被繃帶一圈圈纏著的左手後，所發出的第一個聲音。

「妳呀，給我多珍惜自己……」

此話一出，宗史這才察覺似乎有那裡不對而改口道：

「給我好好珍惜那副身體，那可不是屬於妳的。」

「啊……嗯。」

阿爾吉儂點點頭，發出半像是夢話般含糊不清的聲音。

「真是的，怎麼會突然這樣啊？」

是在看動畫時被某一幕嚇到嗎？這麼想著的宗史望向螢幕——一對悠閒自得的老夫妻在緣側（註：日式建築中連接居室外側繞房而建，長而窄的木質簷廊）喝著茶。看來似乎不是這麼一回事。

「不……沒發生什麼事，我只是一時疏忽了。」

「小心點啦。」

「啊，嗯……」

她略微顫抖地如此回應，再次點了點頭。

桌上堆著沾滿血漬、方才拿來止血的毛巾。

阿爾吉儂直盯著那些汙漬，亦即自己剛剛所流的血。

對此，宗史並未察覺。

（4）

看板上頭以流麗的字體標示著「SUMMER FLAVOR BREWERY」。

表面上，這整棟建築都是主打精釀啤酒的酒吧，開幕後短暫地經營過實體店面，卻在幾年前餐飲業因應傳染病防治政策而被迫自我約束後，宣布無限期停業，此後再也沒有開門營業。

說到底，本來就沒有經營店面接客的必要性，當成自己的招待所與不法活動據點來使用就夠了——這家店的所有者是這麼想的。

「真不好玩。」

梧桐往後一靠，將體重壓上木椅的椅背。

「為什麼還沒找到人？」

「被對方先發制人就是吃虧呢。」

小個子男人盯著智慧型手機的遊戲畫面，頭也不抬地答道。

「那兩人在我們展開追緝前就一起躲起來了。原以為他至少會想回家一趟做個準備，卻毫無跡象，穿著那身衣服直接銷聲匿跡，理所當然地也沒有求助於警方。這不是一般人能辦到的事。」

「他們為什麼能做到？」

「也許是謹慎到有些偏執的地步，或是深知我們的作風吧。」

「我們的作風？」

「也就是梧桐先生的毀滅嗜好和趕盡殺絕主義。倘若對方知道這些，選擇在第一時間銷聲匿跡就不奇怪了。」

「啊～～？啊……」

梧桐仰頭望向天花板。

「原來如此，身為名人還真辛苦呢。」

「被您的頂級興趣牽著走的現場人員更加辛苦就是了。您打算怎麼做？」

「什麼怎麼做？」

「還是有就此收手的選項在喔，客戶可沒說連那些逃掉的蟲子都要一起宰了吧？」

「是這樣沒錯。」

梧桐望向牆壁。

原本為了張貼限定菜單等的軟木公告板上，貼著兩張印出來的照片，是一對年輕男女，同時也寫有兩人的名字——江間宗史與真倉沙希未。

被認定為逃離熊熊燃燒的實驗室的兩名倖存者。

梧桐由影像及證詞等鎖定兩人的身分，下達了通緝令，派手下監視其住所，探查兩人可能停留之處，卻全都徒勞無功。

「那招呢？不能駭進街上的監視攝影機去查嗎？」

「沒那種東西喔，芳賀峰市沒有那樣的預算。」

「咦？這裡居然沒有？這樣市區治安沒問題嗎？」

「這種話還真虧您說得出口呢。」

玩著遊戲的小個子男人抬起了頭。

梧桐的手下多半沒有接受正規訓練，可說是連地痞都算不上的外行人，也幾乎沒什麼從事這行的覺悟，所以反而會隨隨便便就插手那些真正的內行人士絕不會做的蠢事。沒辦法以常識判斷他們會如何行事的危險性，正是梧桐集團最為強悍之處。

然而也因為這樣，自然無法期待他們辦事能有多好的品質，一旦與認真戒備的職業人士為敵，便成了致命的弱點，人數之類的優勢毫無用武之地。

「畢竟也相隔了一段時間，他們大概逃離市區了吧。這麼一來，想找到人就像是大海撈針。」

「或許是這樣吧……」

梧桐從椅子上起身。

他從靶上拔起一支飛鏢，投了出去，射中照片上「江間宗史」的額頭。

「……所以這男的到底是為什麼？」

「為什麼是指？」

「為什麼他會出現在那裡？為什麼認識我？為什麼帶著這小丫頭逃走？目的又是為了什麼？是為了什麼樣的利益行動的？」

「沒什麼特別的喔。江間宗史是個獨立的業界人士，沒什麼豐功偉業，但小成就倒是為數不少，或許他是因為考量到出名的風險而刻意隱瞞重大功績吧？以個性來說就只是個好人。」

「啥？」

「我說他是個好人。那種人很多對吧？無法容忍身旁的人受到傷害，奮不顧身地保護對方。這種傢伙通常很快就會筋疲力竭而消失了。」

「但他可沒消失喔？」

「說的也是。這傢伙沒辦法分類在『通常』裡，是即使遭逢不幸也會活下來的那型，之所以投身這行也是因為這樣呢。您還記得五年前的大樓火災嗎？他為了受害者四處奔走，卻不知為何被當成嫌犯，無法在正常世界生存下去，只得流落到地下世界討生活。」

「……啊～～五年前！是當時的那個小鬼啊？我想起來了，確實有這麼一號人物！」

梧桐恍然大悟而拍手出聲。

「哎呀，那傢伙有夠可憐的！明明只是個出於好心的認真大學生，卻被輿論攻擊得體無完膚，讀了八卦雜誌專題的我都想哭了。」

「他應該不會想聽到真凶這麼說吧？」

「所以才知道我啊……原來如此，這算是一場緣分呢！」

「現在不是該高興的時候吧？」

「才不是高興呢，我只是覺得有趣。在這一行啊，無論良緣還是孽緣，我都會好好珍惜的。」

「又說些聽起來好像有那麼一回事的話。」

小個子男人轉動椅子，回頭面向桌上的電腦。

追本溯源，梧桐薰本來其實只是個不良少年集團的頭頭。

而現在其實也沒差多少。

他手下的人數的確有所增加，日漸猖狂的暴力行徑及事後掩蓋的小伎倆也變得更加廣泛，更累積了支持這些行為的資金，甚至進一步壯大了能夠動用的人脈。

不過本質依舊毫無改變。

看不慣就摧毀，覺得好玩便湊上去，一旦事情不如己願就煩躁不已，看到有東西被破壞便拍手叫好。梧桐與他的跟隨者們延續著與小孩沒兩樣的作風，以此為生存之道。

「追蹤狀況差不多是這樣。梧桐先生那邊如何呢？您正在跟客戶交涉吧？」

「啊……事情似乎變得稍微有趣起來了……接下來該怎麼做呢？」

「事到如今還有什麼能煩惱的事嗎？研究大樓都燒掉了，沒辦法繼續進行研究，也該結案了吧？」

「看了現場的影像之後，客戶那邊的研究人員說了些奇怪的話呢。說是這位小姐的身體裡——」

飛鏢猛地射中「真倉沙希未」的照片。

「——搞不好被燒剩的實驗樣本給入侵了。」

「咦咦……」

小個子男人發出打從心底感到厭惡的聲音。

「那要是真的讓他們逃走，事情不就麻煩了嗎？該怎麼做才好？隨便拿具屍體蒙混過去？」

「有什麼好煩惱的？只要抓到他們就行了。直覺告訴我，這位好人先生不會跑太遠，我們還有出手的機會。」

「呃，您這自信是打哪來的啊？」

「而且呢，消息看起來有些擴散了——」

鋼琴曲突然響起。

是貝多芬的f小調第23號鋼琴奏鳴曲（註：被視為貝多芬情感最強烈的鋼琴奏鳴曲，亦有「熱情奏鳴曲」之稱）。

聲音是從梧桐胸前的口袋傳來的。

「——喔！」

他拿出響著來電鈴聲的智慧型手機，看了看螢幕，嘴角大大彎起。

「這就是所謂說曹操什麼的吧？」

他將手機螢幕展示給小個子男人看。

「……為什麼那個人會直接找上梧桐先生？」

「對吧？事情變得有趣了吧？」

梧桐心情很好地走出房間。

目送他的背影離去後，小個子男人轉而面向電腦，搜尋起方才看到的姓名，並點開檔案。

諾曼・戈柏。

製藥公司埃比森・環球公司業務部的第二主任。

也是梧桐他們目前的雇主——谷津野技術研究所的專務派打算進行商業結盟的對象。那棟研究大樓之所以被燒燬，正是為了多少提升結盟的條件。這代表對方雖然算是事件相關人士，卻理應不會直接與他們聯繫。

而這樣的人為什麼會連絡梧桐？又為什麼梧桐接到他的來電時心情會那麼好？

能想到的可能性有一個。

「咦……」

小個子男人哀號。

「明明還不到勝券在握的地步，我們家老大該不會打算提高賭注（bet）吧……」

（5）

延續昨天的行動，結果他們今天依舊整天都泡在電視機前。

◇

熄燈的房間裡——

在一片黑暗中，宗史躺在沙發上。

內心深處焦躁不已的他無法成眠。

他正思考著梧桐的事。

即使行事風格如此張揚，但梧桐本身絕非名人。

說起的確有些讓人害怕，不過擅長從事破壞工作的團隊在這世上比比皆是。在這當中，梧桐的團隊則是以專門進行偽裝成中等規模意外的設施破壞為賣點。

而梧桐之於宗史，則有著奪走家人的不共戴天之仇。

在這五年當中，宗史想復仇的次數多到數不清。儘管梧桐的集團巧妙地隱藏全貌，但如今的宗史想必能強行揭開它的面紗。雖然梧桐本身對此也有防備，然而如果不顧前後，要竭盡全力對付他們倒也並非做不到。

宗史好幾次這麼想，接著卻又當場放棄。

別逃進美好的妄想裡，又不是電影的男主角，這種胡來的舉動怎麼可能成功呢？他如此告誡著自己。

自己應該是個無情的傢伙吧。宗史心想。

照理說他應該恨著梧桐、憎惡著他，卻怎樣都無法表露那種情緒。

只要情感沒有動搖，理性便會發揮作用，讓他察覺自己將情緒針對梧桐這個人本身是錯的。梧桐之所以會燒掉大樓是受人委託，委託人自然也有出此下策的理由。況且除了梧桐，他的手下想必也參與了行動，因此要視梧桐為一行人中的代表來懲罰嗎？還是要向全員問罪？不，法律恐怕不會認定他們是犯罪者吧。那該怎麼做？要任憑情感及心緒擺布，私自將他們定罪嗎？

結論於是呼之欲出。

（我不該涉入——）

當然，宗史絕非饒恕了他們。

然而那就是場災難，無關乎惡意，只是打在倒楣鬼頭上的一道落雷。他就事論事。

結果卻——

「還是涉入其中了……呢……」

他在狹窄的沙發上調整睡姿。

情況在第五年大為轉變。他一如字面所示地飛奔進火災現場，被盯上而成了遭到追殺的獵物。

「……究竟該怎麼做才好？」

有人勸宗史靜觀其變，他也認同這種做法。

同時卻也這麼想——

既然按兵不動也難以斷言會出現轉機，那麼在自己仍有餘力的情況下主動出擊反而比較好。只要接近梧桐、刺探情報，再擬定幾個對策就行，完全沒有正面衝突的必要。

倒不如說如果不這樣做，說不定目前的生活將會一直持續下去。

「…………」

一瞬間——

「這樣不也挺好的嗎？」的想法在宗史腦中一閃而過。

（不，這怎麼可以。）

他搖了搖頭，甩開這種想法。

阿爾吉儂以小沙希未的容貌，做出宿主未曾有過的表情，表示自己是依靠感情生存的。

而宗史似乎就要陷入對方的算計之中。

明明應該拒絕的。

明明非拒絕不可。

「唉——」

或許是因為煩惱更多了吧，失眠的程度有增無減。

合葉轉動的聲音響起。

宗史背後的門打開了。

（……她是要去廁所嗎？）

如此心想的他決定裝睡，企圖忽視阿爾吉儂。

但情況似乎不太對勁。她的氣息伴隨著衣服微微摩擦的聲響，朝沙發——亦即宗史這裡靠近。

「怎麼了？」

他出聲詢問。沒有回應。

阿爾吉儂默默地走近，緊鄰他站著。

「不行嗎？」

她喃喃地問了這麼一句。

「妳是指什麼？」

閉著眼背對她的宗史反問。

「我想……在這裡……在**宗史**的身邊睡。」

「昨天我已經說過了吧？絕對不行。」

耳邊傳來小小的水聲，是金魚缸裡的魚跳了起來嗎？

「無論是道德、常識、世俗眼光、法律，還是我都不准，給我一個人睡。」

「那是因為……你視我為一名女性嗎？」

唔。

宗史瞬時語塞……應該說是腦袋當機。

「──不是妳……而是小沙希未。」

隨後，他以在這之前早已說過無數次的話語來逃避。

這句話絕非謊言。既然不是謊言，就不會被拆穿。宗史的確很珍惜真倉沙希未的身軀，只要存在著這個事實，便能掩蓋其他事實。

「好了，妳別再說些無聊的話了。快給我回房間去。」

「人啊……」

她緩緩開口。

「會因為愛情……而強大吧？」

這傢伙突然在說些什麼？

「嗯，應該也有那種人吧。」

宗史摸不透她的用意，隨口回答。

「倘若彼此能確認心意，也會鞏固那份強大吧？」

「嗯，或許也有那種情況沒錯。」

這傢伙到底想說些什麼？他暗忖。

宗史無法理解……不，該說是拒絕理解才對。

他刻意不去正視眼前，以及**女孩**的話中含意，抽離了意識。

反應會變慢也是莫可奈何的。

宗史沒料到肩膀會突然被用力抓住，迫使他改變方向，成了仰躺的姿態。他睜開雙眼，適應了黑暗的視野裡映著天花板，卻也只是片刻的事。

「──────！」

朝著他的嘴唇……

炙熱而柔軟的存在——

撞擊似的緊貼而來。

「————」

阿爾吉儂究竟做了什麼？自己又被她給怎麼了？明明只要稍加思考，就能得出結論。然而都到了這種時候，宗史的腦袋依舊持續拒絕理解。

是以他無從抵抗。

究竟過了多久？那份熱度緩緩地離開他的嘴唇。

阿爾吉儂的臉龐就在眼前，近在咫尺，宛如卿卿我我的戀人們要再次交疊唇瓣般地——

（——唔！）

宗史的理性總算再度開始運作。他正確理解了在僅僅數秒之前，他們做了什麼。

接著——

——小宗學長！

耳中響起了不在此處的某人聲音。

胃像是要整個翻過來似的，強烈的作嘔感直竄喉頭。

——我最喜歡你嘍，學長。

明明忘了。

明明被遺忘了。

明明終於能不再想起了。

「**宗史**……」

對方呢喃著他的名字。

「……妳到底……想怎樣？」

強忍反胃感的他好不容易發出了聲音，卻有些沙啞。

「我正打算……色誘你。」

沙發的彈簧小聲地嘎吱作響。

「**人**……是像這樣來連結心意的吧？」

她以兩手撐著，在沙發上俯身而下。

「這麼一來，就能孕育出那個吧——可以一起攜手跨越困難的……羈絆？不管怎麼樣，

我都想得到它。」

啊——

他陷入絕望。

想與人心心相印，明明還有其他很多方式才對，愛的付出與回饋理應有著許多形式。作為一個活在這世上的人，這本該是任誰都能理解的常識。

然而這傢伙——

只是個才誕生沒幾天的人格。

她未曾體驗生而為人的時光，只從虛構故事中窺見一斑，或許是因為這樣，除了自電影或影集裡所見的方法，她毫無所悉。

「滾開。」

阿爾吉儂僵住了。

「**宗史**……？」

「給我離開。」

他強烈地命令道。

儘管看似一頭霧水，但阿爾吉儂仍照著做了。

撐起上半身的宗史輕輕甩了甩頭，用力壓著胸口，好不容易才壓抑住難以忍受的作嘔感。

「啊……」

在黑暗中依稀可見的阿爾吉儂眼裡，有著驚愕及恐懼的神色。

宗史看不見自己的表情，因此無從得知究竟是什麼讓她露出了這種神情。但他對此也不怎麼感興趣。

「宗……」

「給我閉嘴，怪物。」

他措詞強烈地推開了她。

「妳只是隻害獸。」

他站了起來。

原本宗史就沒有穿著睡衣的習慣。穿上掛在牆上的上衣後，他看似就要出門。

「你要……去哪……」

阿爾吉儂癱坐在地，輕聲問著。

「去一個沒有妳的地方。」

他丟下這句話，隨即走出門外。

◇

夏夜的蒸溽籠罩著宗史。

他思考著梧桐的事，重新想起眼下照理說該按兵不動。應該要不斷重複著今天這般的日子，靜候時機到來才對。

這樣或許也挺好的，這樣的念頭直到方才都還存在於他的腦海中。

此刻他總算察覺到，這是不可能的事。

「……要開始了啊。」

宗史向著星空如此宣告，快步邁進。

第五日：

day：5

各自的漫長一日

有人這麼說著：
光是來得及告別，即是一種幸福。

（1）

這是五年前那場火災發生後的事。

江間宗史努力從失去家人的悲傷當中振作。

許多不相干的人紛紛譴責這樣的他。

發現大家都在譴責著某人，位於再外圍的人們更是聲勢洶湧。譴責罪惡不需要道德良知，毫無顧慮與猶豫的這群人持續痛罵著，朝素昧平生的他扔石頭。

那的確是一段艱辛的日子。

但宗史咬牙撐住了。

周遭的親友守護了宗史。朋友與戀人都待在身邊，為他張開保護傘，與他一同受到眾人譴責，撐過這波看似無止無盡的攻擊。然後——

……沒錯，宗史又錯了。

他確實撐得住，卻並非所有人都能像他一樣持續承受下去。

無論是遭辱罵也好、被扔石頭也罷，在那段時日裡，朋友們的心神都漸漸耗竭，特別是他的戀人顯然已衰弱不堪，形銷骨立，但凡明眼人都看得她已接近極限。而宗史甚至覺得她會被逼上絕路。

我們分手吧。看不下去的宗史說。

『儘管我並不是想跟小宗學長一樣成為正義的一方……』

但她充耳不聞。

『既然小宗學長還在奮鬥著，那我絕對要和學長站在一起。』

她如此主張，毫不讓步。

明明那時放棄他的話就好了。

或是背叛他也行。

信賴及親愛連繫著宗史與女孩，緊密不離。

既然如此——宗史下定決心。

要是她與他們不放開這條救命繩索，他就自己斬斷它。

墜入谷底的有他一個人就夠了。

宗史並非想怪罪到她身上。

一次又一次的失敗，全是他咎由自取。

再也不想重新經歷這樣的感受了，如此強烈企盼的他於是割捨一切，拋棄作為江間宗史被培育長大的二十一年，在接下來的人生裡選擇獨自活下去。

不想再被誰珍視，或是珍視著誰了。他將這份彷彿詛咒的決心銘刻在自己身上，決定了生存的方式。

這是五年前那場火災事故的後話始末。

◇

芳賀峰市的沿海地帶，有著各式各樣的觀光景點。

如果想前往這些景點巡禮，導覽手冊上規劃了一條以年輕人為客群的王道約會路線。穿越純白而眩目的步道，以及飄散著海潮味的餐廳街後，有個祥和的海角噴水公園。

悲哀的現實是，這條王道約會路線不怎麼受到觀光客青睞。該怎麼說呢？太平凡無奇了。若問「會不會想專程造訪芳賀峰，來個雙人散步行程？」往往會得到「有那個錢和時間的話會去其他地方」的答案。這也是理所當然的。

而令人憂喜參半的另一個現實是，這條王道約會路線對當地的年輕人來說算是相當方便，逛起來很輕鬆，氣氛也還算不錯，相較遠行所花費的金額又很低。簡直是太棒了。

因此，五年前，他們也常來到這裡。

因此，這五年裡，他一次都沒有接近過這裡。

江間宗史獨自沐浴在晨光下，走在沿海的步道上。

蟬鳴喧囂。

芳賀峰市是個沿海城鎮，同時有著平緩的丘陵，市區內幾乎所有地方都能俯瞰湛藍大海。明明身處看得到海的城鎮，他卻一直與海保持著距離。

這裡有著多如山高的回憶。

眩目耀眼，而且屬於他所失去的時光。

既然失去的東西再也拿不回來，那就最好徹底遺忘；如果做不到，至少也該保持距離——他之前是這樣認為的，因此盡量不靠近。

而實際站在這裡，宗史更覺得當時的判斷是正確的。濃烈的海潮氣味、平穩的海浪聲、朝陽下波光粼粼的海面、遠方飛著不知名的鳥群。拉回視線的話，則會看見鋪滿白色石板的地面搭建著金屬柵欄，上頭有著禁止游泳的斑駁標誌、標示「前方有餐廳」的招牌，以及貼在招牌上的速食店傳單。若將目光稍微放得遠一點，能望見設置在步道出口的拱門，還有高掛其上的「創造光明的城市」廣告標語。

大清早人煙稀少，只有奮力慢跑的人和帶狗出來散步的附近居民而已。

待在這裡相當痛苦。

因為所有事物看起來都與從前如出一轍。因為改變的只有自己。因為失去的事實再度被粗暴地擺在眼前——在在都讓他的心變得無比沉重。

「…………」

宗史有些感恩。

他現在之所以會待在這裡的理由大致有二。

其一是，他希望回想起這份痛苦。

昨晚他拒絕了阿爾吉儂。儘管她嚮往人類所說的「愛」之類的存在，想觸碰，甚至想得到它，宗史卻以強制而暴力的手段當面否定了她。

照理說明明還有其他可以採取的方法，好比說冷靜地否定她一時衝動的情感，再曉以大義。邏輯上而言應該這樣做才對。

然而同時他也覺得這麼做未免太不切實際。

畢竟昨晚當下，他差點就要接受阿爾吉儂了。

是因為覺得她本來就不是人類，抑或是因為那副軀體是沙希未的？在這些念頭常駐心中的情況下，宗史對阿爾吉儂**這個人**產生了好感。

因模仿**人類**而生，嚮往**人類**，不斷學習**人類**，然後希望成為**人類**。要是如此勇敢的怪物所懷抱的願望能實現就好了，他不由這麼想著。

想為這傢伙做些什麼，宗史開始思考起這樣的事。

「……可惡！」

他命令自己不准希望。

他制止自己不准企盼。

痛楚在此處隨著回憶湧現，協助宗史克制自己。

他不能再有想幫助或支持他人的念頭了，做這些事到頭來只會產生痛苦。倘若只是獨自懷抱這些傷痛，無論如何他都撐得住，然而強迫無法承受的人們同樣堅強，絕對是錯的。

為了這樣告訴自己，宗史深深地沉浸在遍及此地而充滿荊棘的回憶當中。他走在懷念的道路上、到懷念的自動販賣機買了罐咖啡、坐在懷念的長椅上。正當他拉開拉環，準備要喝上一口時——

「咦？」

在他的背後——

傳來了像是發現奇怪東西的女性聲音。

——不會吧……

他嘴唇扭曲，慢慢地回過頭去。

只見一名帶著黑色中型犬的女性站在那裡。

「……小……宗？」

女性看似無法置信地睜大雙眼。

懷念的聲音、懷念的面容。雖然印象在過了五年後多少有些變了，但宗史既不會認錯，也不會聽錯。

直至五年前的那起事件發生為止，江間宗史都只是個再平凡不過的大學生，有著父母、哥哥、朋友，以及小他一歲的戀人。儘管如今那段時光已遙不可及，這些人們卻確實存在過。

「高階？」

高階泉子——他叫著存在於記憶當中的名字。

「果然……是小宗呢。」

她帶著彷彿又哭又笑的複雜神情，如此說道。

握在手上的牽繩稍微放鬆了些。

「好久不——」

重逢的話語已到嘴邊，她的身體卻突然大幅度地往前傾倒。

拜爾萊因身為高階家的一分子，是隻活力充沛、好奇心相當旺盛的中型犬，品種則是德國品特犬（German Pinscher），喜歡的東西是肉乾和每天早上的散步，興趣則是盡全力撲向初次見面的人。

汪汪汪汪汪汪汪汪汪汪！

宛如要吹散這個場面的所有哀傷，拜爾萊因猛然飛撲而來，撞倒眼前的人類，然後傾全力瘋狂舔著宗史的臉。

喝到一半的罐裝咖啡被甩到石板路上，理應有些苦澀的內容物灑得到處都是。

到狗冷靜下來為止花了幾分鐘。

宗史重新坐上長椅，高階泉子坐在他的身旁。

「……………」

總覺得尷尬不已。

對方是五年前的戀人。

亦即五年前曾在這條約會路線共度美好時光的另一人。

不經意與她重逢已經夠糟了。該說什麼好？該展現什麼表情好？宗史完全沒了主意。來到這裡的他，被拜爾萊因這隻狗搞得一身狼狽，腦袋裡一片空白。

而拜爾萊因卻露出一副「我做到了」的滿足模樣，坐在兩人腳邊不動。

「那、那個……」

泉子起了話頭。

「好久不見。你看起來……好像不怎麼好，但還活著真是太好了。」

啊，原來如此。

她對自己是懷著這種程度的擔憂啊。宗史心想。

這也是理所當然的。江間宗史在五年前的那起事件後對所有人不告而別，消失在他曾活過的表面社會，就算泉子認為自己死了也不奇怪。

「好久不見……呃……」

宗史猶豫著該如何開口。

事實上，他對泉子後來的情況稍有耳聞，知道恢復健康的她似乎在生活上重新振作。但反過來說，他所知道的也就只有這些了。

因此，像這樣親眼見到她本人，讓他放下心來。

她的氣色不錯，看起來也笑得很開心。

對宗史而言，光是這點就是個非常值得高興的事實。

他無論如何都想將這份心情傳達給對方，腦袋拚命地轉著。

「——妳胖了吧？」

選擇的詞彙卻大錯特錯。

「給我等等！」

她看來十分生氣。

嗚吼！腳邊的拜爾萊因低吼著。

（2）

篠木孝太郎是某政治家的第三個兒子。

他做起事來多半得心應手，不費吹灰之力費力就能完成，也不缺錢，一旦搬出父母的名字，大部分的問題都能迎刃而解。只要看起來過得很快活，主動貼近的朋友要多少有多少。

一個人過著這樣的人生，自然會輕易地成了敗子。高中畢業時的他，怎麼看都已經是個「輕視世間的臭小子」。

意外的是世道有好好地運行著，而臭小子有臭小子應得的報應。總是理所當然地陷害別人的他，也理所當然地被人陷害，失去了許多東西——他被趕出家門，被所有自稱朋友的人給拋棄，被敵人追殺，宛如成了在街上徘徊的野狗。

啊，這下完了。孝太郎如此想著，蜷縮在夜晚的巷弄裡，甚至做好了死亡的覺悟。或許他的心也崩潰了吧，比起哭泣反而先笑了出來。跟他之前所想的一樣，嘿嘿的笑聲怎樣都停不下來。

一名男子出現在這樣的他眼前。

孝太郎認識這個男人，是自己過去曾半好玩地毀掉的其中一人。而對方理應也認識孝太郎。

倘若對方憎恨著自己，做出什麼事都不奇怪，孝太郎如此心想。即使如此——

「請救救我。」

他仍懇求著眼前的男人。

他知道自己根本沒有資格、對方沒道理接受他的懇求、我行我素也該有個限度，這樣的懇求也未免太難看了——儘管理解這些，他依舊無法不這麼做。

男人面無表情地望著這樣的孝太郎片刻後——

「走這邊。」

他自言自語般地如此表示，轉身就走。

「為了應付這種情況，還是要時時備著庇護所比較妥當。亡羊補牢為時已晚，雖然我也是最近才察覺這點。」

意料外的事態發展，讓孝太郎呆愣地看著男人的背影。

「你不來嗎？」

被這麼一問，他慌忙跑了過去。

自此，過了將近五年的時光——他就像是要不斷地追逐著那個背影般，活了下來。

◇

會被發現純屬偶然。

去看看那兩人的情況吧——篠木孝太郎往老地方的庇護所走去。接著，他站在公寓入口，不經意地抬頭一看。

屋頂映入他的眼簾。

在那裡，他撞見了理應不該見到的一幕。

「……喂喂喂？」

為什麼？孝太郎動搖地想著，懷疑該不會是自己看錯了吧？他揉了揉眼，重新確認了好幾次，但結果全是白費工夫。

「發生什麼事了啊，江間先生？」

儘管對方並不在場，孝太郎依舊這麼問著，隨即跑了上去。這年頭的公寓多半都禁止人們上屋頂，而這裡也不例外。不過說是禁止，卻也並非無路可走，有延伸至屋頂的逃生梯，鐵門不知為何沒有上鎖。

呼！

推開門的瞬間，迎面而來的風勢無情地吹亂了孝太郎的瀏海。被這麼大量的空氣給衝擊，反倒讓人呼吸一窒。

他反射性地閉上眼，然後慢慢睜開。

隨後便望見了那幅光景。

風吹拂著。

純白的陽光下，亞麻色髮絲緩緩飄動。

彷彿電影裡的一幕，孝太郎心想。

此情此景的現實感就是如此微弱。

宛如曝曬在夏日豔陽下的精緻冰雕。以手碰觸也好，甚至只是將視線瞥開一秒也罷，搞不好就會消失無蹤——就連這樣的妄想都理所當然地浮現了。

「……還以為是誰，原來是**孝太郎**啊。」

女孩注意到他。

被風包圍而散發著夢幻氣息的她，輕鬆自在地向他搭話。

「怎麼了？你看起來……一臉焦急？」

我是很焦急沒錯啊！孝太郎差點就要向她抗議了。

「這裡禁止進入喔。」

取而代之說出口的，是常識性的指責。

「是那樣嗎？」

「沒錯。妳瞧，要是掉下去很危險吧？」

阿爾吉儂重新環顧四周。這是個面積與這棟公寓差不多，毫無情趣可言的空間，想必幾乎從未打掃過吧，積著一層薄薄沙塵與不知道是什麼的垃圾。防墜用的鐵欄杆比阿爾吉儂的腰部稍微再高一點，儘管老舊卻似乎仍算穩固。

「看起來有防止墜落的措施喔？」

那是當然的。

「……即使如此，要是想的話還是能掉下去呢。」

阿爾吉儂看似稍作思考，隨即恍然大悟般地發出「啊……」的聲音，表情有些陰鬱地與鐵欄杆拉開距離。

真厲害啊，孝太郎心想。

人的死亡並非僅限於意外事故，更有人難以自拔地受到在眼前忽隱忽現的死亡吸引。他認為這種事很難以言語清楚傳達，然而幾乎沒聽見說明的她卻正確地掌握了話中重點。

幾天前初遇這個「生物」之際，孝太郎對她的印象是純真的小動物。

感覺她正以驚人的速度成長著。小動物在一個晚上成了稚子，稚子在一個晚上成了少女。而此時此刻，曾經彷彿少女的存在——

……出現在他眼前的，究竟是什麼？

「之前**宗史**要我不准出這棟建築物，是希望我保命吧？我是這麼想的。」

感覺隱約有些不滿地說著的她，看起來與幾天前的她幾乎沒兩樣就是了。

「那妳為什麼又會在這裡？」

孝太郎問道。

「……如你所見，我正在看著**人**。」

「從這裡看？」

「看得……很清楚。」

看似覺得陽光刺眼而瞇起眼睛的阿爾吉儂說。

「只是這樣看著——就會覺得所謂的**人**實在是堅強的生物。」

若是從她以外的任何人口中聽到這種話，應該只會讓人覺得「有那麼誇張嗎」而一笑置之吧？想必也會有人吐槽：「說得事不關己，但妳不也是人類嗎？」然而阿爾吉儂是孝太郎所知，眼下這世上唯一能站在外側立場評價人類的物種。

「腦，還有情感，這種東西是違反規則（作弊）的。即使保持了個體的獨立性，也能形成如此龐大的群體，是任何怪物都無法勝過的無敵**浪潮**。」

她朝街道猛然伸出大大張開的手掌。

隨後緊握。

看起來像是想抓住什麼，不過實際上收握手指當中的只有虛無。

「而人類甚至也因為這份堅強而自討苦吃。就算隔著一片玻璃望去，這份痛苦依舊令人眩目不已。」

阿爾吉儂落寞地說著，張開緊握的手。

「……雖然我不是很懂，意思是妳有煩惱嗎？」

「煩惱……啊……」

她閉上眼思考了片刻，隨後再度睜開。

「的確呢，或許正是這麼一回事。」

「要找人商量的話我可以奉陪喔。沒問題的，別看我這樣，口風可是意外地緊呢。如果是沒辦法向江間先生說的事，我會保密……」

話說到這裡，孝太郎總算發覺了。

由於阿爾吉儂跑來這種地方，讓他的腦袋陷入一片混亂，是以這麼晚才注意到——她的監護人江間宗史在哪？

「該說是煩惱？理不出如何達成目標的頭緒？或是不知道該如何看待已經失敗的事實才對？」

「怎麼覺得有點複雜？」

「要說複雜……也許是滿複雜的吧。」

「那我們到樓下去聊吧。這裡視野太好了，搞不好會被敵人發現。」

孝太郎轉了個身，準備走向樓梯。阿爾吉儂朝著他的背影說：

「我色誘了**宗史**。」

聞言，他雙膝一軟。

徹底地跌了個大跤。

膝蓋和手肘整個撞上了有點髒的地面。

「…………………………咦？」

一面感覺自己的嘴唇正抽搐著，孝太郎緩緩地回過頭。

「妳剛剛說什麼？」

◇

孝太郎聽說了。

阿爾吉儂昨晚企圖霸王硬上弓，宗史在拒絕她之後激動地奪門而出。

咦咦咦咦咦咦？真假？真的假的？

「真的。」

她一臉認真地點點頭。

若以旁觀者角度而言，倒也沒什麼好大驚小怪的。先跳過各種事不論，純粹就情境來分析，年輕男女生活在同一個屋簷下，會演變成那樣的發展嘛……可說是再自然不過。

但是……

「呃～意思是小儂也有那種……該說是慾望還是本能之類的嗎？」

「如果你指的是性慾，我當然有這方面的知識。」

「不，我不是指這個……」

「我也將**沙希未**體內生而為**人**的衝動全傳達給他了，好比說想吃飯、感覺睏了之類的。」

「喔，說起來妳睡得挺多的嘛……」

在508號房——那間主人不在的屋裡，隔著桌子相對而坐的兩人交談著。

「所以……妳是在同居時寂寞難耐，於是對江間先生的肉體魅力產生興趣嗎？」

「你在說什麼？」

她露出百分之百純正、毫無添加物的困惑表情。

「還問我說什麼？妳不是邀他做那檔事嗎？」

「我想要的是……愛。」

「嗯嗯嗯？」

孝太郎總覺得開始聽不懂了。

「我看了各式各樣的電影和影集，即使同住的理由與愛情無關，故事裡的男女最後仍建立了近似愛情的關係，這樣的發展既能讓觀眾一目了然，也能確立雙方珍視著彼此的理由。一個人之所以為了另一個人採取行動，全是因為愛——這樣的發展是很自然的吧？」

「啊……妳說的愛是那種……原來是這樣……」

孝太郎看似理解，卻又似乎並非如此。

「那些都是虛構而背離現實的內容——要這樣撇清或許很簡單，但在**沙希未**所知的範圍內，說到一個人為了另一個人採取行動，最常提及的衝動其實是愛與恨，因此我……想追求那個。」

也就是說……

這孩子，阿爾吉儂——宛如小動物、稚子、少女，以及與前述三者相距甚遠的某種存在——其實……

「我想珍惜**宗史**，也想被**宗史**珍惜。」

儘管完全搞錯了事情的順序……

但她是純粹而真心地喜歡著那個男人的。

「這副軀體是**沙希未**的，就算不說，**宗史**也會珍惜這副身體，卻也僅止於此。等到事情結束以後，他便會默默離去，甚至再也不會接近**沙希未**吧。」

「我想也是〜〜」

這番理解想必是對的。孝太郎心想。

江間宗史的確就是這種人。

「然而我……不希望那樣。我想，如果能培養愛情，不就能避免這種事情在將來發生嗎？」

「這樣啊〜〜」

這孩子果然不是人類吧，所以她越是拚命地想以邏輯解釋，就越顯得不像人類。

換句話說，她正是如此拚命。

拚命地喜歡著他——結論就是這樣。

「抱歉，我沒辦法說得很精準……」

「呃，嗯，我應該懂了，應該啦。」

「是嗎？那太好——」

一切都來得過於突然。

直到方才還能正常說話的阿爾吉儂，突然全身乏力，連坐在椅子上都沒辦法，就這樣跌落在地。

「喂、喂！」

孝太郎踢翻椅子，站了起來。

他繞過桌子，先是看了阿爾吉儂的臉色、摸了摸體溫，接著確認她的脈搏。

「……喂，妳這……」

據說四天前她首度被帶到這間房時發了高燒。儘管孝太郎當時並未目睹，但他先是懷疑該不會又發生了一樣的事吧。

不過並非如此。

即使是外行人也能一目了然，她的體溫過低、脈搏太弱，而且——他現在才發現她以妝容遮掩的——臉色極差無比。

「這是……怎麼回事？」

「別……擔心，**沙希未**……沒事喔。」

「即使妳這麼說，但小沙希未的身體都變成這樣……」

這麼說著的孝太郎突然意識到——

阿爾吉儂明顯越來越衰弱，那副肉體原本的主人真倉沙希未卻平安無事。兩者看似矛盾，然而並非如此。

「時間……就要到了。」

一旦合而為一的兩者分離為二，共生之時告終，她們就會回到各自的命運軌道上了吧。

「為什麼……這麼快？」

阿爾吉儂對呻吟著的孝太郎露出曖昧的微笑。

「拜託你，對**宗史**保密。」

「……那樣好嗎，小儂？」

「當然。」

見她以澄淨的表情點了點頭，孝太郎再也無話可說……

不——

「我想——用不著著急喔。」

要找人商量的話我可以奉陪喔——方才他才這麼說過。

他只是不經思考地講出徒具其表的話語罷了。但既然對方都將如此巨大的「煩惱」放在他眼前，總覺得非得面對它不可。

「無論愛情還是羈絆這類的存在，本來就應該需要耗費時間培養。雙方都有那個意思而非一廂情願的話，便能更進一步。雖然這世上也有那種一拍即合的案例啦，然而你們兩個都不是那型的吧。」

孝太郎對於自己說出口的這番話多麼殘酷有所自覺。

但總比逃避提出建言來得好。沒錯，他這樣告訴自己。

「珍惜著這段逐漸累積的時光就好。即使最終無法抵達妳所期望的那種愛情，只要珍惜朝著那個方向所前進的一分一秒……」

「這樣……啊。」

阿爾吉儂點點頭。

「要是還有機會……我會這麼做的。謝謝你的……建議。」

她無比坦率地接受了他所說的話。

啊——這樣不行。

孝太郎厭煩地仰頭望向天花板。

這樣不行啊，這兩人。

他們正深陷於無法自力脫困的死胡同當中。

◇

「…………」

他走出庇護所。

走出公寓。

「雖然本來不想用這招的……」

他掏出智慧型手機，撥了個通訊錄上的號碼。

答鈴聲響了六次後，電話接通了。

「啊……小仲田嗎？是我啦。不，這才不是詐騙呢，我說真的。」

他邊走邊講著電話。

語氣開朗而輕佻。

神情卻與之毫不相符地一臉認真。

「嗯，對。是說啊，我還是想繼續前天提到的那件事。沒錯沒錯，就是那樣。哎呀，我設陷阱給你跳又能得到什麼好處呢？沒關係沒關係，你就當作是搭上了鐵達尼號吧——」

（3）

要說是晨間散步也未免太久的時間逐漸流逝。

他們閒聊著無關緊要的話題。

話題主要圍繞在共同朋友於事件後的情況。有幾個人為宗史的消失感到消沉，同樣與泉子斷絕了往來，卻也有人情緒激動地表示「絕不讓同樣的事再度發生」，將人生跑道轉往司法與資訊領域。

「……這樣啊。」

一如既往地，他的調查僅止於知道他們都平安地活著，對於往後的人生則選擇避而不見，因此這些他全部都是第一次聽到。

「還有啊……還有一件事，該說是要跟你報告嗎？」

泉子靦腆地說。

「前一陣子，我被小宗學長不認識的一個學弟求婚了。」

她一邊比了個小小的勝利手勢。

「哦？妳接受了嗎？」

「嗯～～算是積極考慮中吧。」

宗史對於自己毫無動搖這點感到吃驚。他純粹只覺得那是個可喜可賀的消息，坦率地想要祝福對方。

「他是個心思細膩的人呢。要是我沒有好好守著他，感覺說不定會崩潰吧。」

「什麼啊，原來妳喜歡那種類型的？」

「不，並沒有喔。不過或許那種男生比較適合我吧。」

她雲淡風輕地訴說著理應沉重的話語。

「我啊，每天早上都和拜爾萊因一起到這裡散步。儘管會被迫想起過去的種種，卻也代表這裡有著重要的回憶。而且呢，我有時也會心想，說不定——」

說不定什麼？

不用說也知道，她是指說不定會意外碰見和她一樣，想追尋回憶的某人。

對宗史而言，這次重逢是奇蹟般的偶然。他為了懲罰自己而來到這裡，卻不期然遇上熟悉的面孔，就只是這樣，但對泉子來說似乎並非如此，她日復一日地企盼著，總算在今天如願以償。

——他重新感受到她的堅強。

因為堅強，所以脆弱。

「小宗學長身邊啊——」

她突然刻意咳了一聲。

「現在**江間學長**身邊……有誰在嗎？」

突然在問些什麼啊——宗史無法這樣反問。他很清楚對方要問什麼。

正是因為清楚對方要問什麼，才讓他清楚地意識到，儘管相隔五年使各自的人生有了劇烈改變，他們卻依舊能在這種小事上心意相通。

「我覺得那種需要花費許多心力關照的孩子，比較適合學長喔。」

泉子既欣喜且雀躍，同時帶著一絲落寞地說著。

「畢竟學長對於自己的事太能忍了，要是有個不照顧不行的對象在身邊，該說會比較穩定嗎？總之那種會接連麻煩你又很會撒嬌的類型，應該跟你比較合。這是我的經驗談，你怎麼說呀？」

沒什麼好說的。

「我沒什麼頭緒呢。」

「是～～嗎？」

泉子看似覺得無趣地噘起嘴。

「那麼，要是能遇到這樣的人就好了。到了那時，學長要好好珍惜對方喔。」

腳邊的拜爾萊因先是打了個大大的呵欠，接著像是覺得「想要開始走動」而起身甩了甩身體。

◇

──要好好珍惜對方喔。

即使聽到泉子那麼說，宗史實際上也只覺得困擾。

畢竟他都想放棄阿爾吉儂了。

之所以會來到沿海地帶，有一半也是這個緣故。

並非想整理紛亂的思緒，而是希望讓自己更加心煩意亂，無暇思考多餘的事──這樣的目的卻以意料外的形式達成了。眼下江間宗史的心的確是亂七八糟的。

一點認真思考的心情都沒有。

他走了片刻。

倒也不是要呼應「有光的地方就有影」這句話，然而一旦稍微遠離陽光普照的沿岸地區，充滿濃厚陰影的街道便確實地延伸開來。好比說距離觀光客集中的主要街道不過幾公尺之處，就都是些人煙稀少的偏僻巷弄。
宗史發現了一個沒人的小型吸菸區，走了過去。
但他不是要吸菸，只是在尋找能駐足而不顯突兀的地方，偶然映入眼簾的便是那裡。因此在停下腳步後的十幾秒裡，他也沒什麼可做的事。他拿出手機，隨手點閱著網路新聞。
雜沓的腳步聲逐漸接近。
宗史抬起頭，先是望見了似乎來者不善的三名年輕人，正隔著幾步之遙盯著他。其中一人將智慧型手機湊向耳朵，看起來應該是在與誰通話吧。
「怎麼了？」
宗史朝他們開口。
「啊～～那裡是吸菸區外喔，想抽菸的話還是過來這邊比較好。」
儘管他戲謔地說著，對方卻沒有回應，只是為了恫嚇他似的直望著他。
「咦……真的嗎？」
講著電話的男人顯得有些吃驚。
「是……我、我知道了。當然……」
畏懼般地向電話另一端鞠了個躬後，他朝宗史走了過來。喔？宗史暗忖。
「換你講吧。」

男人遞出智慧型手機。

宗史聳了聳肩，接過手機。

『嗨～～帥哥。初次見面，有需要來個自我介紹嗎？』

手機裡傳出一個聽起來心情很好的中年男子聲音。

「……雖然我也不討厭鬧劇，卻不喜歡浪費力氣。我還真沒想過會和你本人說上話呢，**梧桐先生**。」

「不錯呢，你的反應感覺很敏捷啊。」

宗史聽見對方敲著膝蓋。

『我身邊都沒有能這麼帥氣地交談的傢伙呢。哎呀，真讓人開心，下次要不要去喝一杯？』

「這邀約真吸引人。但我剛剛也說了，我不喜歡浪費力氣，只想就事論事。」

『還真冷淡啊。』

哼。梧桐嗤之以鼻。

『你的事沒問題嗎？一早上就特地來**引誘**我家的年輕人，代表有什麼想說的吧？』

「因為情況似乎變得比想像中更複雜，我只是想和他們說說話而已。只要能弄清楚你的目的就夠讓人感激了。」

宗史坦白說道。

電話那端傳來了『喔～～』的冷淡反應。

『那麼嘛，換我說了。把「老鼠」給交出來。』

「嗯？」

宗史挑起眉毛。

對方的要求與他原先預想的有所出入。

「……你說的『老鼠』，指的是『高爾．媧達耶』細胞嗎？」

『啊～～就是那個，什麼高爾的。是個虛浮誇大的麥高芬（註：McGuffin。為電影用語，意指能推展劇情的人事物）呢。』

「你不是因為不能讓研究大樓的資料洩漏，而在追捕我和小沙希未嗎？怎麼會變成像是東西已經在我手上了？」

『情況有變嘍！你本人的優先順序降級了，只要交出東西我就會放過你，不滿意的話也可以給錢。』

宗史想了一下，咬牙說道。

「你方才說了『你本人』吧？對象只有我嗎？」

『沒錯。』

「代表你不打算放過小沙希未。」

『正是。』

「你知道了多少？」

『至少到那部分都已經掌握嘍。』

啊——原來如此。

儘管梧桐的行事作風相當胡來，但並非傻子，說出口的乍聽像是玩笑話，卻處處都在測試對手。而對方在互動的過程當中掌握了什麼，想些什麼，又會講出什麼，他全在分析。

（這傢伙知道「高爾．媧達耶」在小沙希未體內扎根的事。「高爾．媧達耶」的研究正遭遇瓶頸，目前的小沙希未等於是重要的人體實驗樣本。而比起銷毀過去的研究資料，他卻要求交出她。也就是說——）

梧桐背叛了雇主。

宗史歸納出這番結論。

那棟研究大樓本來之所以會被燒燬，是因為公司內部有人不想看到神祕肉片「高爾．媧達耶」的研究就要開花結果。自私的內部鬥爭引燃大火，奪走包括沙希未父親在內的無數人命。

而下手的犯人卻輕易地轉變了立場。

『話說我看到剛才那女的嘍。聽說是你的前女友吧？可別小看我喔。』

熾熱的火花在宗史的腦中迸散。

『不希望讓她看見世間的醜惡面，能夠幸福地活下去——應該是那種對象吧？』

「對**事件**外的人出手，我想應該不是你的作風才對。」

『哎呀～～這只是閒聊啦，可不是要威脅你喔。不過事件的範圍究竟有多大？有誰牽涉其中？又是由誰決定呢？』

啊，該死。

對方的手段比他所想的還要狠毒。

『哎，總之我想講的就是這些，也沒有要你立刻做出決定。深思熟慮後再決定就行了，對吧——』

梧桐思考似的停頓了一會兒。

『——在太陽下山以前回覆就行，我至少還能等到那時候。』

（4）

事態一如宗史預期地動了起來。

讓梧桐的手下發現，打探出有關目前的詳細情報，這部分成功了。他甚至還直接與梧桐對話，可說是意外的成果。

然而除此之外，都不在他的預料當中。

梧桐理應單方面站在獵捕他們的立場，卻提出交涉要求和宗史合作，為此還亮出一張牌——他的舊識高階泉子。事已至此，連他至今的迂迴戰術那招都給封住了。

事態既然動了起來，便無法停止。而為了不至於被拋下，他非得加快進展的速度不可。

暫且甩掉了對方形式上的尾隨。

宗史返回庇護所。

（……可惡！）

門前——

他想起臨別前所見到的阿爾吉儂。那傢伙理應不擅長像人類那樣表達情感，卻仍顯而易見地流露出絕望與悔悟的表情。

那時的自己是什麼樣的臉色呢？他想不起來。

而現在又該掛著什麼樣的面容才好？他毫無頭緒。

即使如此，他也不可能像這樣永遠呆站在這邊。宗史一掃猶豫，拉開門。

有風——

窗戶似乎大敞著，因為門打開了而讓空氣得以對流。涼爽的空氣聚集成團，撥亂了宗史的瀏海，接著掠過他的背後。

有張白色桌子。

上面放著一個金魚缸。兩隻金魚正輕盈地游著。

有個女人正趴伏在桌上睡著。被風捲起的亞麻色頭髮，像金魚的尾鰭般緩緩地落在她的背上。

「……嗯。」

阿爾吉儂被吵醒了。

她茫然地抬起臉望向宗史，目光聚焦。

「……**宗史**。」

「妳在……做什麼？」

他不禁如此問她。

「啊，我在看這些孩子們。」

她的視線轉向金魚缸內。

「像是牠們似乎很幸福地游著，以及從玻璃缸裡，牠們又是怎麼看我們的呢？我思考了……諸如此類的事。」

「還真哲學啊。」

「沒有到那種程度啦，只是一種真實感、共鳴，還有……嫉妒。」

她輕輕伸展身體。

「啊──已經中午了。午餐要吃什麼？你吃過了嗎？還沒的話，我想做點什麼──」

她邊說邊起身。

究竟是因為逆光，還是她的舉止造成的？那身影看似就要溶解在光中。宗史輕輕揉著自己的眼睛。那當然只是錯覺，當他再次睜開眼時，一如往常的阿爾吉儂正拿著圍裙，走向廚房。

明明宗史應該有很多話想說、想問清楚，但現在他選擇將這些全嚥下肚。恐怕阿爾吉儂也和他想著同樣的事吧。

桌上有著荷包蛋。

再來還有麵包和沙拉。是差不多兩天前就見過的菜色。

但也有不同之處。這次桌上一開始就準備著各種佐料：鹽巴、胡椒、醬油、番茄醬、美乃滋、混合味噌、柚子醋，甚至不知為何連鮮奶油之類的東西也出現了。

而且還準備了便條紙與原子筆。

「我想嘗試各種調味看看。」

這是阿爾吉儂的說法。

「我想在還是我的時候，把時間用在尋找自己喜歡的東西上。」

「這樣啊……」

哎，反正也不是什麼對身體有害的東西，就隨她去吧。宗史心想。

阿爾吉儂在蛋白邊緣一點一點地擠了各種調味料改變味道，接著送進口中，然後在便條紙上寫了些什麼。

他茫然地看著她持續進行這樣的瑣碎工作。

「**宗史**？」

「啊，沒事。」

宗史回過神來，將手伸向自己的盤子。

難得準備得這麼齊全，他在蛋上撒了少許胡椒。

麵包烤得還不夠、荷包蛋稍微有點焦，但是和上次比起來稍有進步。這麼一來，下次就再也不會失敗了吧。

「唔……」

阿爾吉儂散發看似認真的氛圍深思著。她對味噌和柚子醋的組合似乎頗有想法，一臉嚴肅地咀嚼。

「有些事……我想先說在前頭。」

阿爾吉儂邊吃邊說。

「我……最喜歡……你們了。」

「……啥？」

「我喜歡**沙希未**，也喜歡**宗史**。」

她突然在說些什麼啊？

不，並非突然，阿爾吉儂想必一直在訴說著這件事。她並未擁有將這份心緒轉化為言語的技巧，只好笨拙地而不得體地展現自己的態度。

「這讓我非常開心……因為……可以對某個人產生好感，是擁有心的人的特權吧？我有著心。說不定這種感受只是錯覺，或是幻想。然而……光是這樣相信著，我就——」

很幸福，阿爾吉儂說道。

「……這樣啊。」

不知道該說些什麼才好的宗史，只能冷淡地附和她的話。

「沒錯。」

阿爾吉儂看似高興地點了點頭。

就連飯後——

「我作了個自私的夢。」

「這樣啊。」

他們也狀似親暱，宛如夢境般地交談著。

「我思考了自己是正常地以**人類**的身分誕生的話，會獲得什麼呢？然後妄想那或許會是即使從現在開始，也無法得到的東西吧。」

「這樣啊。」

「然後……我伸出了手。明明知道這是……不被允許的。」

「這樣啊。」

輕飄飄地，金魚缸內漂著細小的泡泡。

兩人守望著它。

「——倘若妳有意願伸手，也能抓住其他東西吧。」

「是那樣嗎？」

「我沒辦法保證，但不是值得一試嗎？」

「是嗎……嗯，說不定……是那樣呢。」

阿爾吉儂慎重地聽著宗史說出的膚淺話語，將它放在心裡。

這段時光不可能一直持續下去。

宗史站了起來，穿上自衣櫃拿出來的上衣。儘管乍看之下是件市售成衣，內側卻織入了具高防砍功能的纖維。眼下他已經盡可能全副武裝了，雖然可以的話他想穿上更多裝備，然而在逃亡生活中無法運用平常的供應管道，是以無法如願。

「你要走了嗎？」

阿爾吉儂朝著他的背問道。

「嗯，我要走了。」

宗史如此回答。

「最好不要問你要去哪裡嗎？」

「是啊。就算問了，我也不能回答。」

好比說要去迎戰之類的。

這也不像自己會做的事。宗史心想，畢竟是個惡劣的笑話，他沒把握能一臉正經地說出來。

——因此，取而代之地……

「我宣示過要從妳手中奪回小沙希未吧。」

「嗯？……嗯，沒錯。」

「也承諾過當妳從她的體內出來時，會協助妳找下一個身體。」

「啊，那個……」

「所以聽好了——」

宗史吸了一口氣。

「妳不准擅自消失喔。」

單方面地提出要求。

「不管是妳的剩餘時間，還是要追殺妳的人，這種麻煩事屬於我的管轄範圍，由我來處理就好。因此妳什麼都不用擔心，在這裡看齣家庭喜劇之類的打發時間吧。」

宗史頭也不回地離開房間，反手關上門。

隨後在幾秒鐘內動彈不得。

受到陽光炙烤的大地滾燙不已。

籠罩大地的蒸溽空氣炎熱萬分。

毫不留情的持續蟬鳴吵嚷不休。接著——

「出發吧。」

梧桐說過他會等到太陽下山以前，剩餘時間最久也只到那時。該做的事很多，必須盡力想出對抗梧桐的手段，以及從那些傢伙手裡保護許多事物的方法。

若要更進一步地奢望自己得以逃出生天，或是平安回到這間房裡，增加的難度光想就讓他頭昏腦脹。

但他也不認為自己做不到。即使江間宗史對自己的評價並不算高，卻仍能客觀地做出如此的判斷，因此——

（盡己所能就好。）

他如此告訴自己，邁步向前。

◇

門關上了。

宗史的氣息漸漸遠去。

房間裡留著一個人。

「呵……呵呵……」

阿爾吉儂輕輕笑著。

「不准擅自消失啊……」

她呢喃著。

到這個地步已經是極限了。

阿爾吉儂摔倒在地。

她已經站不起來了。

她打算切斷阿爾吉儂的意識與真倉沙希未軀體之間的聯繫，想結束這副身體受阿爾吉儂支配的時間。

「味噌的味道……意外地還不壞……呢……」

趴在地上的她無力地微笑著。

像人一樣喜歡什麼；像人一樣到最後都能持續增加自己喜歡的事物——她貫徹了自己所求的生存方式直至最後一刻。只要把這件事情視為一種幸福，似乎就能滿足了。

要說她有什麼欲求，就是希望宗史能喜歡自己……但她明白那是強人所難。他（阿爾吉儂）與自己的故事還沒進展到那個地步就要告終。倘若是一般的故事，在結束後的未來裡或許還留有一絲可能，他們的情況卻連那樣的機會都沒有。

「……讓妳久等了，**沙希未**。我現在……就把和妳借了那麼久的身體還給妳……」

阿爾吉儂呢喃著，拾起了原子筆。

（5）

有個詞彙叫商業間諜。

詞彙本身並非職業，而是意指從事某類行動。簡單來說，在檯面下打擊敵對組織，並牽扯到自身利益的這類活動，通稱為此。

是以宗史並不認為自己是一名間諜。儘管他具備從事間諜行動所需的一些技術，偶爾也會接到這類請託，但自己只是單純的民間人士。他如此認為。

因為是個民間人士，無法使用太過特殊的戰鬥方式。他能做的，不過是低調而確實地操弄著一條又一條的情報線索罷了。

「——原本躲在梧桐背後的，是谷津野的專務派——」

能運用的時間很少，人手也只有自己，如此一來得以使用的戰術便有限。

當中最具代表性的果然還是電子掠奪吧。

宗史將帶出來的筆記型電腦連上公共Wi-Fi，駭入無數台在附近使用同樣Wi-Fi的智慧型手機，使其成了偽裝存取的跳板，這種做法說起來就是在做壞事之前先混入人群裡。儘管既不高級也不高尚，但作為趕上時限的迷彩來說夠了。

這年頭事先防範電子攻擊的日本企業並不多，是抗拒編列預算？或是對於該採取什麼措施一無所知而毫無防備？總之情況幾乎都是落在這兩類吧。

而谷津野看來也不例外。

（哎……畢竟公司裡有著比起強化保全，更想扯敵對派系後腿的風氣嘛……）

宗史回想起事件的開端——自己被叫到那棟研究大樓時所發生的事。

他發現一名外勤人員正從咖啡廳存取公司內部網路，確認著電子郵件。正當對方準備登出之際，他盜取了對方的存取權限，當下宗史手上的筆記型電腦就開始偽裝成業務三課主任助理東鄉太郎，自由徜徉於網路當中。

方式相當古典，是在網際網路誕生以前就存在的偽裝潛入手法（disguise）。一旦成功入侵，後頭的便全是囊中物。即使是東鄉某某的權限無法進入的地方，只要從內部借用某人的身分就能成功瀏覽。在這個幾乎未對非法存取有所應變的地方，宗史可以自由瀏覽所有資訊。

「——直接的委託人透過其他公司作掩護，但背後的確有曾根田專務董事本人在。為了在公司內部爭奪權力，他妨礙了似乎能成為敵對勢力新一代主要武器的『高爾．媧達耶』研究。一旦得逞，即將與國外製藥大廠攜手合作的專務派就再也沒有敵人了。他看起來是如此盤算的——」

截至目前為止，都不出宗史已經掌握的範圍。

他所想要的是更深入的情報。

「——背叛者是這間國外的製藥大廠。他們不知從哪裡察覺到理應遭專務派破壞的『高爾．媧達耶』的存在，想搶先合作夥伴取得它，為此拉攏了梧桐。這裡——」

沒錯，就是這裡。

「——埃比森．環球公司經理……諾曼．戈柏。」

他發現了一個名字。

好。

宗史微微勾起唇角。

他並不打算與梧桐正面衝突。

互毆這種事跟他的個性不合，槍戰駁火也是，說起來他手上可沒什麼槍。對方擁有壓倒性的人數，他也尚未掌握敵方陣容，就算順利度過今天這關，依舊會完全與他們為敵，活不到明天。

因此，他不採取這種戰鬥方式。

取而代之的是從背後突襲。不管梧桐他們再怎麼背離常識，終究是個收錢辦事的營利團體。只要成功讓對方撤回委託，棘手的狀況便全都能回歸風平浪靜。

宗史抬頭望向天際。

夕暮將至。

期限只到太陽沒入地平線為止。

還剩下一點時間。

只剩下一點時間。

他想起阿爾吉儂小口小口吃著微焦荷包蛋的模樣。她說自己正在尋找喜歡的佐料。而所謂的調查，一般來說指的是反覆進行測試，既然如此，她應該也會這麼做吧？宗史心想。明天也試、後天也試，反覆測試到她滿意為止。為此——

——沒問題的，做得到。趕上時間吧。

他如此告訴自己。

◇

夕暮將至。

三名男子下了白色廂型車。

說起他們的共通點，大概是看起來不怎麼正經的年輕人吧。儘管外表不特別顯眼，卻散發未加掩飾的氣勢。

三人進入公寓。公設大廳沒有門禁，他們就這樣搭乘電梯上樓。

「那絕對是耍老千啦，怎麼想手上都不可能有兩張K吧？從機率來說絕對有鬼，從機率來說。」

鴨舌帽男嘟嘴抱怨。

「吵死了。要吠等下再吠，現在給我閉上嘴做事。」

夏威夷襯衫男毫不掩飾焦躁地喝斥對方。

「說什麼吠啊？那是正當抗議。」

「都叫你閉嘴了吧。」

他們出了電梯。

確認四周沒有居民後開始行動，走向５０８號門前。

棒球帽男在門鎖前彎著腰，想確認能否從屋外開門。門上的信箱口很低，有防撬鎖板夾在門與牆壁間，想破壞指旋內鎖頗有難度。男子皺起眉頭。

另一名墨鏡男輕敲他的肩膀，在他眼前亮了一下鑰匙。

「有鑰匙的話早說啊！你這不是增加了無謂的工作嗎！」

「別大聲嚷嚷啦白痴！」

鑰匙男並未搭理兩人，上前開了鎖，握住門把。

所有人都噤聲不語。

「…………」

門緩緩地打開了。

三人魚貫而入。

領頭的男人抽動著鼻子。

「什麼啊，這股臭味……」

「不是叫你別講話嗎！」

由於房間並不寬敞，他們馬上就發現答案了。

在沙發的陰影下有一灘血。

上頭倒臥著一個女人。

「什……」

「真的……假的……」

當中的兩人被眼前景象震撼得退了半步，第三名男子則像是要趕鴨子上架般地走上前去，踩過血泊蹲下身，用手指碰觸女人的頸部，迅速地檢視她的身體，探查傷勢。傷口不在視線可及之處。

「她死了嗎？」

「不。」

男子搖頭。

「還活著，但最好別移動她。」

「怎麼辦啊？不是要我們把那個女人給帶回去嗎？」

搬運人類原本就非易事，一旦對象失去意識更是如此，即使純粹當成重物也很難搬，況且無論如何都很顯眼。能脅迫她自己走是最上策，其次是攙扶起失去意識的她帶她走。至於找個不起眼的袋子把她塞進去，當成貨物搬運，則是比較不理想的妥協做法。

「她被誰殺了？是那個叫江間的傢伙嗎？」

夏威夷襯衫男環顧四周，一面問著其他人。

「她還活著。大概是時間到了吧。」

墨鏡男頭也沒抬地回答。

「啊？」

「據說在大鼠的移植實驗裡，『高爾．媧達耶』過了十天左右就混在血中被排出來了。在人類身上或許也發生了一樣的事吧？」

「喔……」

「怎樣都好啦。要把這個塞進去嗎？」

鴨舌帽男甩了甩帶來的大型背袋，那是為了在遭遇對方抵抗，只能讓她失去意識時而帶來的。然而夏威夷襯衫男說了句「蠢蛋」，直接駁回他的提議。

「這東西不防水，血會滲出來。『盛夏裡的殺人耶誕老人』很快就會成為今晚的頭條新聞吧。」

「那該怎麼辦啦？」

「給我保鮮膜。」

兩人互瞪的當下，墨鏡男突然插嘴道。

「……什麼？」

「廚房還是哪裡放著保鮮膜吧？拿來，要大的。」

「你要做……」

「我剛剛不是說過了嗎？『高爾．媧達耶』從大鼠身上被排出，同樣的情況也發生在人類身上了。」

那雙沾滿血的手從地上抓起了什麼東西。

紅色。

大小相當於孩童的拳頭。

乍看之下像個肉塊，或是裸露的內臟。儘管在肌肉與脂肪的混合物當中有神經伸出，卻沒有類似骨頭的東西。彷彿從沼澤被打上岸的水蛭。

只見那個東西在墨鏡男手上微微脈動著。

「嗯……」

鴨舌帽男發出了厭惡的聲音。照理說他對暴行與見血早已習以為常，也只有這種怪誕景象能讓他出現這樣的反應。

「這就是『高爾・媧達耶』，把它帶回去就好。」

「……那這傢伙呢？」

「要把那女的從這裡運走的風險太大，但是只拿這個可行。萬一上面說不夠，再來帶走這女的就好，對吧？」

鴨舌帽男和夏威夷襯衫男面面相覷。

「所以快點拿保鮮膜過來吧。」

聽到對方催促的棒球帽男應了聲好，便開始行動。

桌上放著一張紙片。

上面以掙扎般的筆跡寫著短短一行字。

墨鏡男用擦掉血的手拿起紙片，瀏覽內容。

「…………」

——然後不發一語地把它放回原位。

玻璃金魚缸裡——

兩隻金魚對房內所發生的一切毫不在意，優雅地游著。

◇

宗史知道這是場硬仗。

也理解這次的挑戰，無論引發幾個奇蹟都不夠。

即使如此，他仍盡力奮戰。他向埃比森的伺服器發動攻擊，無奈與谷津野無法比擬的堅實令他咬牙切齒；他收集了諾曼．戈柏的資訊，以偽裝電話號碼聯絡埃比森及周邊企業的關係人士，用戈柏的聲調與口吻提出假指示；又挑出幾名關係人士的背信證據放到別處。

甚至虛構了意外使保全部門陷入混亂，以捏造的糾紛讓監察部門疲於奔命，藉此撬開堅實的保全，鑽其漏洞。

幸運女神眷顧了宗史數次，他走過了一條又一條的危險鋼索。

天際轉紅。

太陽似乎即將下山。

這是場不顧一切的特攻。

東奔西走的他相繼採取了冷靜時絕不會使用的粗糙手法，在各個伺服器間留下自己的足跡（時戳）。

不用說，在這種作戰當中留下足跡是禁忌，一旦入侵者或潛入者的形跡敗露，除了會危及作戰，自己往後當然也會身陷險境。視情況，對方甚至會遣殺手來取他性命，這可不是誇大其辭或在開玩笑的。

宗史明白這點。

即使如此，他的氣勢依舊不減。

只要再幾個小時不暴露就好，只要撐過此時此刻就行。了結與梧桐的對決，確保阿爾吉儂的……（不是）……真倉沙希未的安全，便是最優先事項。

他暫時不去思考除此以外的事。

話雖如此，他當然不想死，所以打算等事情告終後，在可能的範圍內抹去足跡。

「好……」

還差一點。宗史心想。

能進行的事前準備大致已告一段落，接下來只剩下透過戈柏的帳號，聯絡梧桐他們撤回委託。儘管這樣的行徑理所當然地會被懷疑，但他已確保了周遭狀況。他在埃比森內部所製造的麻煩，會使情況看起來像是「現在的戈柏無法再涉入『高爾．媧達耶』相關之事」。雖然這種伎倆想必馬上就會被識破，然而無所謂，畢竟對方也得花上幾天重整態勢才對，只要再利用那幾天進行下一步就行了。

還差一點就結束了。梧桐將會收手，而他們會獲得自由時間。

接下來該做些什麼呢？這樣的妄想掠過腦海。今天已經很累了，明天再行動吧。

他靈光乍現——帶阿爾吉儂去動物園好了。離開小沙希未的身體後，她想進入什麼動物體內呢？去尋找候選者吧。即使她多少提出了罕見的要求也無所謂，宗史覺得現在的自己應該都能達成。

來電鈴聲響起。

他的手指停在最後的輸入鍵上。

響個不停的是宗史的智慧型手機。他對這個來電號碼沒印象。

他仰望天空，是紅色的，在地平線附近尚可見到太陽。

短暫地猶豫後，他觸碰螢幕，接起電話。

『嗨～～帥哥，又是我。你現在在哪？』

電話裡傳出他一點也不想聽見的聲音。

「我不記得有和你交換過聯絡方式才對。」

『別那樣說嘛，我們不是夥伴嗎？』

宗史咂了聲舌。為什麼對方會知道這個號碼令他介意，也的確是個無法置之不理的問題，但目前有比這點更優先的事。

「所以你有何貴幹……到日落為止還有時間吧。」

『嗯，啊～～是這樣沒錯。放心吧，我不是在催你。』

「那又是為了什麼？我可是很忙的，如果是無關緊要的事——」

像是要蓋過宗史的聲音般——

『公平如我，想說應該要先告訴你才對。』

「——你說什麼——」

『雖然偷跑讓人感覺不太好意思，但東西我確實收到了。』

「——————什麼？」

這傢伙在說些什麼？

這傢伙說了什麼？

這傢伙是怎樣？

混亂霎時使宗史的思考支離破碎。

『不好意思呀，錢不算多，晚點我會把費用匯過去的，再告訴我要匯到哪裡吧。』

梧桐以像是要捉弄他的戲謔口吻說著。

卻傳不進宗史的耳裡。

他好不容易集中停滯的思緒並重新運作，嘗試理解對方的這番話。接著——

開什麼「玩笑」！

就連怒吼也顧不上了。

宗史丟下筆記型電腦，飛奔而出。

梧桐說過，他會等到太陽下山以前，未曾推敲這番話的宗史便深信直到傍晚都沒問題，因為想要那樣相信而怠於起疑。

太陽緩緩地沉入地平線。夜晚來臨。

（6）

門崎外科醫院今晚也不見其他客人。

「貧血、營養不足，先讓她打點滴休息吧。」

手持病歷的年邁女醫說道。

「不過她身上沒什麼外傷，基本上是健康的喔，意識看起來也算清楚，我想幾天之內就能回歸原本的生活了。」

這樣啊。宗史心想。

心緒平靜得連他自己都感到驚訝。

「要去看她嗎？」

被這麼一問——他有些苦惱。

「可以嗎？」

「又沒禁止會客，你有探視權利吧。」

「說的……也是……」

他盯著自己的手心好一會兒。

◇

宗史走進有些昏暗的病房。

躺在床上的女孩緩緩地朝他望來。

「……江間……老……師……？」

呼喚著他的名字。

「嗨。」

他對此無力地回應。

「早安，小沙希未。」

「我……」

霎時，恐怕是突如其來的頭痛造成的，她突然扭曲了表情。

「啊……唔……」

「妳還好嗎？」

「……嗯……我的話……還好。」

聞言，「啊……果然……」宗史暗忖。

「妳還記得那傢伙的事吧。」

沙希未緩緩地做了個深呼吸。

「嗯。雖然有些朦朧，但她的所見所聞，以及想法，全都留在這裡。」

她抬起手，按著自己的胸口。

那就是讀取別人記憶的感覺吧。過去阿爾吉儂也曾對沙希未的記憶說過一樣的話，由於使用同一副軀體、同一個腦而能讀取裡頭的記憶，情況本身幾乎是相同的，只是立場顛倒了。

活在同一副身軀的兩人，是比誰都要接近的鄰居，比起其他人更了解彼此，即使未曾邂逅，也沒有與對方接觸過。

「妳恨阿爾吉儂嗎？」

「不。我應該不恨她……吧。但是——」

她閉上雙眼。

「我很生氣……喔，這是理所當然的吧。隨便拿人家的身體來用就算了，還對我的抱怨充耳不聞，擅自消失不見。」

豆大的淚滴自她的眼角沿著太陽穴，滑落到枕頭上。

「明明我有很多話想跟她說，像是不准穿成那副怪樣、不准用奇怪的方式吃東西、不准說些奇怪的話……那件事也是，我的身體的第一次可是差點被人擅自獻了出去呢。」

她哽咽不已，抽抽噎噎地說著，卻沒有停下話語。

「但此時此刻，那些事情都無所謂了。我最不能原諒她的是別件事。」

她無力地搖搖頭。

「起初進入我體內時，她道了歉，而那份心意至少有傳達給我。知道如何運用那個字眼後，她說了『對不起』。」

沙希未說著，輕輕地笑了出來。

「知道自己是寄生生物（parasite）時也是，她向我說：『對不起，我誕生了。對不起，我想活著。』開什麼玩笑？這世上有哪個嬰兒會為這種事道歉？」

她以兩隻手臂遮住自己的眼睛。

「不好好罵她一頓不行，但我的聲音無法傳達給她。」

——求求……您……

——救……救……

宗史直到現在才意識到，當時沙希未的話中含意。最一開始的那晚，她並不是要他幫助自己。

——救救她——

在失去父親，不知道自己接下來將會遭遇什麼的情況下，沙希未仍擔心著侵蝕自己、在自己身上誕生，小小的自我意識。

而宗史沒能聽取她的願望。

「妳要……回歸原本的生活。」

他艱難地說著。

「回家支持著家人。去上學，與朋友們朝未來的目標邁進。」

「這是要我把這一星期發生的事全部忘掉嗎？」

「嗯。這應該也是那傢伙所期望的。」

「好過分。」

「嗯。」

她說的沒錯。宗史無言以對。

「抱歉。」

「老師也只是想道歉了事呢。」

「……嗯。抱歉。」

他步出病房。

◇

宗史手裡有張便條紙。

上頭以凌亂的字跡寫著「抱歉，沒能遵守約定」，下方則留有大量的空白，恐怕她本來動筆時，想寫的東西有很多吧。但她心有餘而力不足，礙於沒有時間或詞窮而無法寫到最後，只好在紙上留下她認為最重要的字句。

「哎，的確……不是道歉就能……了事呢。」

自己的心變得空蕩蕩的。宗史心想。

他早已達成原本的目的，將真倉沙希未帶離危險之處，取回其人格，也確保了她的人身安全。她已經沒問題了——包括那些悲喜交織的遭遇在內——想必能回歸原本的人生吧。

而宗史也是。他再也沒有被梧桐追擊的理由，沒必要繼續躲藏在庇護所裡，得以返回自己原本的住處，接下來便能……做個偶爾也會執行間諜工作的保全領域一般人士，回歸一如往常的生活。

這是件該高興的事。

他應該欣然接受才是。

——我宣示過要從妳手中奪回小沙希未吧。

——也承諾過當妳從她的體內出來時，會協助妳找下一個身體。

結果……

江間宗史什麼也沒做到。

無論是哪個她所吐出的心願或期望，都沒有實現。

甚至連他自己決定而企求的，也沒有達成。

「…………」

他吸氣、吐氣。

試著擺出有些煩惱的樣子，卻因為毫無意義而立刻作罷。

「……啊，這麼說來……」

他想起來了。

得抹去至今為止那些胡來的駭客足跡才行。他在埃比森及周邊公司裡引發了相當嚴重的混亂，還在案發現場留下了擺明凶手就是江間宗史的證據。要是不快點處理那些，明天早上可能會有人朝他的腦門宅配一發子彈。

可惜為時已晚。

埃比森的員工相當優秀，不但收拾了肆無忌憚散布的混亂之源，凶手的身分也理所當然般地被查明。他們上傳了影片，一名或許是保全部門代表的男人向股東表示：「這是幼稚的愉快犯犯下的軟體破解案件，想必他將會遭受相對的報應吧。」

宗史愣愣地看完了那段影片。

儘管那根本就是針對他做出的實質死刑宣判，但他幾乎不感動搖。

他比較喜歡虛構的故事，因為江間宗史的人生早就已經毀了。現在像這樣待在這裡的他，是已經消耗殆盡，彷彿殘骸般的存在。

而這樣的殘骸也沒剩下多少感情——無論是好是壞，是邂逅抑或別離——倒不如說那些感情在這幾天裡，似乎已經全部昇華了。

所以，都無所謂了吧。

拋開常識、良知，以及法律，任憑情感擺布，企求著什麼也好。

或是他的人生期盼著宛如B級動作電影般的結局也罷，一切都無所謂了。

他走到街上。

日落西沉，溽暑依舊。他彷彿泅泳在熱氣中，踏上被路燈照亮的道路。

「……」

一反接下來打算大幹一場的恣意妄為，宗史的腦中異常冰冷。他將作戰區分為三個階段，逐一填滿要執行的任務。儘管能運用的時間所剩不多，但若能有效率地展開，嗯，總會有辦法吧。

他走了一會兒，抵達最先的目標所在處。

對方是上午遇見的年輕小混混之一，名叫榎本大吾，二十三歲，有著在鄰市經營花店的父母，以及在東京的公司上班的弟弟，最高學歷是梨沼西高中肄業，喜歡的VTuber上個月停止活動讓他有些消沉。他喜歡山葵漢堡，每週會做一次來吃。而且截至當下都沒發現褲子後面被裝了訊號發射器。

宗史走近對方身後，把手搭在他肩上……

「嗨。」

向他打了聲招呼。

「啊？」

對方疑惑地回頭——

「你……」

露出一臉「你誰啊」的表情，停頓了幾秒。

「啊！」

「想起來了嗎？」

宗史露出微笑。

邊笑邊使勁痛毆對方。

真的就像動作電影的一幕，那傢伙漂亮地被揍飛。掃倒了幾個擺在街上的飲料店看板，一頭撞上堆著的垃圾。

路過的行人當中傳來慘叫，人牆在遠方築起，好幾個人拿出智慧型手機開始拍照和錄影，消息想必會立刻在社群媒體或影片網站上廣泛流傳，接著就會有人發現他是「五年前的殺人魔」，或許會引起很大的騷動吧。

儘管這件事讓人鬱悶，不過事到如今，倒也並非多麼值得在意的問題。

由於不習慣揍人，力道拿捏得不是很好，導致宗史的拳頭疼痛不已。他暗自決定第二個人要拿東西來揍。

宗史靠近倒地的男人，扯著對方的衣領把微弱呻吟著的他給拉了起來，盯著他的雙眼，以溫柔的聲音說：

「關於你的朋友，我有幾句話想問，可以嗎？」

◇

梧桐說過，他會等到太陽下山以前。

那是個謊言，他不到晚上就開始行動了。

而梧桐達成了目的，宗史則失去他所守護的對象，勝負已定，是以梧桐不再有理會宗史的理由。同樣地，宗史也沒有非與梧桐纏鬥不可的原因。

只要他願意，從現在開始依舊能回歸平靜的生活吧。雖然得和埃比森玩場躲貓貓，不過他的人生本來就像是個隱者，因此回歸是可行的。

而在這樣的前提下——

「既然都被強迫推銷了這樣一場跳樓大拍賣——」

宗史更加緊握著隱隱作痛的紅色拳頭。

「我就欣然接受——這場戰爭吧。」

（7）

仲田奈津彥曾有個夢想。

這倒也不是什麼值得大驚小怪的事，無論是誰，兒時或多或少都會在純白的畫布上對自己的未來揮灑幻想。當身旁的孩子們夢想成為公司職員或是公務員之際，奈津彥說他「想成為正義的頭頭」，在小學的畢業文集裡也這樣寫著。

而人類是很輕易就會走上岔路，摔倒滾落的。

國中時的他，認為做些法外之徒般的行徑就像個頭頭了。高中時期則覺得只要跟著一些亂七八糟的學長姊，便能過得很快活。而這些作為延續著，就這樣過了十幾年，當他察覺到時早已要邁向三十大關。與正義及頭頭都無緣，鏡子裡映照出的身影仍是原本的那個不良混混，只是徒增歲月滄桑罷了。

但他心中沒有焦慮。

畢竟他們的老大是梧桐薰。

這個人的確相當恣意妄為，總是看心情做事，是個讓人頭痛不已的犯罪者，卻有著實力、成績與人脈，對自己充滿無與倫比的自信，今後絕對會幹出比目前更誇張的大事。屆時在下面做事的他們，想必也能分到一杯可口的羹。

正因為懷著這種念頭——

「只不過是一個外人，居然還那麼跩？也太讓人不爽了吧。」

他非常能理解同伴想抱怨的心情。

將那個**外人**引薦給老大的正是奈津彥，是以他在立場上很難說那傢伙的壞話。然而要是撇開這點不提，他的確與眼前這些傢伙同樣感到不悅。

在滯悶的房間裡，奈津彥與其他兩人為了應付「突發狀況」而待命著。不過今天想必仍一如既往，不會發生什麼「突發」狀況。

想當然耳，幾個被關在狹窄房裡的無賴煩躁倍增，發起牢騷。

「噯，人是你帶回來的吧，奈津？你打算怎麼辦？」

別扯到我頭上來啦！奈津彥想。

「——別在意啦。反正等這次事件告一段落，他就會消失了吧。」

「誰知道呢？搞不好那傢伙看老大欣賞他，想賴著不走啊？」

「那樣的話，屆時再把他趕出去就好了吧。現在他還有利用價值，就先放著別管了吧。

噯，友次，你也說句話啊……」

他把話題拋給其他同伴。

儘管對方平常沉默寡言，但比起其他人較為冷靜，算是個不太會察言觀色的人。奈津彥希望他能出言冷卻這段充滿情緒，且毫無建設性的對話。

「……友次？」

只見對方瞪著智慧型手機，一語不發。

「喂，友次？怎麼了？」

聽到他出聲催促，友次抬起頭。

「沒有定時回報。」

「誰？」

「外勤的那些人，兩個人都沒消息。」

「啊……又在偷懶了吧。那些傢伙還真是學不乖呢。」

奈津彥覺得有哪裡不太對勁。

卻又說不上來，因此只當作是自己多心了吧。

「打給他們……也沒接。」

「又去幾個小鬼那裡喝酒了吧？那裡很吵嘛，很容易漏接電話。」

「或許……是那樣……可是……」

友次以粗大的手指撥給其他號碼。

「你想幹嘛？」

「總覺得讓人很在意，我叫別的傢伙去瞧瞧。」

「你想太多了吧？會禿頭喔？」

「不會禿，我家有頭髮茂密的遺傳。」

友次做出不明所以的反駁，將智慧型手機貼上耳朵。

「……是我。一切正常嗎？」

看來總算聯絡上對方了，兩邊開始對話。

奈津彥和同伴面面相覷。

「這傢伙真龜毛耶。」

「哎，也是這傢伙的優點啦。」

「說的對。」

兩人哈哈大笑。

友次一臉正經地繼續講著電話。

——敦和龍沒有回應，最後回報的時間是三個小時前。你那邊有什麼消息嗎？早上見到他們有哪裡不對勁嗎？不，目前正在行動的成員應該就剩你們了——

「欸，奈津，你的衣襬。」

聞言，奈津彥看了看自己的夏威夷襯衫，上頭沾到了血。「嗚哇！」他哀號了一聲，結果被友次給瞪了。

「是受傷了嗎？」

「不，是剛才拿起那團生肉時沾到的。嗯，這個洗得掉嗎？」

「用小蘇打粉就好啦，小蘇打粉。這類狀況基本上都是用小蘇打粉解決的。」

友志仍持續講著電話。

——老大待在老地方。我們現在待在據點待命。應該還沒向埃比森公司報告才對……等等，為什麼你要在意這種事？不對，雖然這的確是大吾的手機，聲音也很像大吾，但你不是他……

友次沉聲問道。

「**你，是誰？**」

這下——

奈津彥總算也理解到，似乎真的發生了異常狀況。

「……對方掛斷了。」

友次咂了聲舌，收起智慧型手機。

「發生什麼事了？」

「敵人有動作。」

「什麼敵人？」

「我哪知道？總之就是敵人。」

友次焦躁地搔頭。

「外面那群人大概全滅了吧。敦、龍……還有大吾應該也被幹掉了。」

「被幹掉？他們還活著嗎？」

「不知道。」

「敵人有幾個？」

「不知道。」

「呃，不知道不知道！你電話講了那麼久，結果只是把情報洩漏給假冒大吾的人喔？」

「你才是咧，還不是什麼都沒發現！要是我沒有行動，你現在八成依舊會一臉蠢樣地說

『反正也只是在喝酒吧』不是嗎！」

「怎麼可能？我比你更早感覺不對勁好嗎！」

「是這樣？既然你全都發現了，那就說說看啊！敵人是誰？有幾個人？現在人在哪？目的是什麼？」

「這是在推卸責任嗎？問出這些應該是你的職責才對吧！」

完全無法理解現在是什麼情況，就這樣讓敵人奪得先機。即使如此，他們也不能毫無作為。

焦躁節節攀升，在心中掀起狂濤駭浪。

「喂、喂，你們兩個……」

儘管奈津彥試圖介入，越吵越凶的兩人卻停不下來，互罵的聲音越來越大。唉，這下該怎麼辦才好？正當他抱頭苦思之際——

「…………啊？」

四周被黑暗籠罩。

是停電嗎？奈津彥心想。

這個房間的燈有三處，很難想像所有燈泡會同時壞掉。只要檢查隔壁房間窗外，就能得知到底是只有這棟大樓停電，還是這一帶都這樣吧。

不，不對。

「來了……嗎？」

他半信半疑……不，是懷著不願相信的心思低語著。

沒有回應。

直到方才仍充斥在此的激昂情緒煙消雲散，在場的所有人都無法動彈。

大樓外的遠方不知從何處傳來了狗吠聲，除此之外卻萬籟俱寂。宛如凝重得連呼吸都得猶豫再三的靜默，縈繞著整個房間。

（…………）

奈津彥心想，怎麼可能？

這可不是驚悚電影喔，他同時這麼想。

敵人——

究竟是何方神聖？

他們隸屬於團隊。照理說要精準地壓制這樣的團隊，一個人是做不到的，敵人想必是受過訓練的組織，好比說警察、自衛隊，還有……記得是叫ＳＷＡＴ（註：特種武器攻擊隊）吧？或是美國陸軍特種部隊那類的，總之就是那種感覺很厲害的傢伙。一定是那樣沒錯。

但又是為什麼？

他沒有挑釁過那種人的印象。畢竟又不是動作電影喔，他們……沒錯，明明只是燒了一棟研究大樓，對一個乳臭味乾，叫什麼江間宗史的小子窮追猛打，再把一塊生肉搶過來罷了。

（…………）

自己的呼吸聲好吵。

要應付這片黑暗本身並不難，只要拿起智慧型手機，就能獲得照亮手邊與腳邊的光線，這種事用膝蓋想也知道。

然而在場的所有人，都不打算這麼做。

的確，不知道有什麼潛伏在這片黑暗裡，這片黑暗同時卻也掩藏了他們，是以他們無法捨棄這份細絲般的安心感。

「……我去看看……」

友次將音量壓得極小。

「我去看看斷路器就回來。」

「等等。」

太危險了吧？奈津彥把到嘴邊的話給吞了回去。這種事任誰都知道，沒辦法成為警告。

的確，要是維持敵不動我不動的做法，情況就不會有所改變。非得有個人行動不可。

「要守好喔。」

友次留下這句話，便開始行動。

蹬蹬、蹬蹬，踩踏地面的聲響逐漸遠去。

（叫我守好……是要怎麼做啦……）

明明他在黑暗中就只有瑟瑟發抖的份啊。

要是至少能有個武器之類的，說不定情勢就不同了。

（……啊！）

惡魔般的想法閃念腦海。

這個據點裡有那個東西。

唯有像他這樣深得梧桐老大信賴、以幹部自居的人才知道的東西，在這種時候絕對會派上用場。

（記得……是在……）

幸運的是，他離**那裡**很近。

他留心著避免發出聲響，開始行動。

——動作電影很讚啊！就讓我奉陪到底吧。

那東西放在桌子最下層的抽屜，抽屜上著鎖，鑰匙藏在隔壁房間的月曆後面，但他現在沒那閒功夫去拿。

摸索一番後，他找到了目標。

奈津彥使盡全力要扳開它，發出了巨大聲響。

「咿！」

儘管傳來了高聲慘叫，但他充耳不聞。

即使不解鎖也無所謂，這個抽屜的材質是極薄的鋁片，成年男性只要認真起來，沒道理破壞不了。喀噠喀噠的聲音猖狂無比，「住、住手……」儘管聽到像是喘不過氣的哀號聲，奈津彥依舊不為所動地繼續猛搖抽屜——

毀損的聲音響起。

抽屜壞了。

「嘿……嘿！」

他微微一笑。或許是被破裂的鋁片給割傷了吧，手掌濕漉漉的，然而亢奮不已的他並未感受到痛楚。他伸手取出收納在抽屜裡、形狀有著既定特徵的**那個**。

那是把未登記的塑膠製手槍，零件構造幾乎全是違法以３Ｄ列印輸出的。因為不需要仰賴工廠製作零件而容易私造，警察也**看不到**它的流通過程，又被稱作幽靈槍(Ghost gun)。

由於結構極端單純化，機能與準確度都不高，況且材料的耐久性不足，作為槍枝的性能實在太不穩定，再加上日本國內難以取得子彈，讓它成為並不是那麼容易使用的東西。即使如此，槍就是槍。只要扣下扳機，射出子彈，人照理說就會死。

獲得致命的凶器，奈津彥稍稍平復了心中的亢奮。

眼睛適應黑暗後，他也略微看得見周遭了。

有什麼……在那裡。

「直之？」

他喊著同伴的名字。沒有回應。

這樣說來，去檢查斷路器的友次也還沒回來。

（……嗯。）

他確定了。

（敵人就在那裡。）

奈津彥將手中的**那個**瞄準那裡。

對方是什麼時候進來的？顯然是相準了剛才他與抽屜奮戰的當下，以巨大的破壞聲響作為掩護，混進這個房間。

黑暗之中，直之剛剛還待著的那帶——

總覺得好像有什麼黑色的東西動了。

「嗚……」

吼聲自喉嚨深處迸發。

「嗚哇啊啊啊啊啊啊啊啊啊啊啊啊！」

他扣在扳機上的食指使盡全力一按。

「喀！」子彈並未隨著這冰冷的聲響射出。儘管極度簡化的這把幽靈槍沒有保險裝置，然而要是沒裝子彈就無法射擊，他居然連那麼單純的事情都沒注意到。

對方的氣息與微弱的腳步聲，正步步進逼。

（8）

「……怎麼可能～～！」

小個子男人愣愣地大喊，搖了搖頭。

「梧桐先生，我有壞消息、更壞的消息、最壞的消息，您要先從哪個聽起？」

「我心裡大致有底了，一起講吧。」

「外頭的傢伙音訊全無，同時無法與原本待命中的同伴取得聯繫。然後就在剛才，這裡的通訊手段也被截斷了。」

無論是有線或無線通訊都一樣。他舉手投降。

「哈！」

梧桐用力地拍上額頭。

「厲害！哎呀，真厲害！太帥啦江間青年！普通人可不會做到這一步呢！」

他看似發自心底開心地讚揚著。

「不不，現在不是高興的時候啦。」

「不是高興，而是開心喲。」

「我不懂差別在哪裡。」

他以指尖輕敲鍵盤，轉動椅子面向梧桐。

「是說這真的全是他一個人做的嗎？逐一擊潰外面的那些傢伙、掌握我們的戰力、徹底查明據點並悄無聲息地壓制、發現**這裡**還阻止我們與外界聯絡……」

他屈指數著。

「一般都會認為這些工作至少也要有四、五個同夥吧，畢竟工作量太大啦，得交由複數團隊來處理才行。倒不是能力好壞的問題，這種事不該是一個人做的。」

「就是因為這樣啊。」

梧桐心情絕佳地搖擺著身體。

「我們認為凶猛的老虎只有一隻而不足為懼，涉險踩了老虎的尾巴嘛。結果那隻老虎就捨棄了用老虎的方式反擊，反倒**以人海般的戰術，強行壓制小看對手只有一個人的我們**。」

「還真亂來耶。這樣做有什麼意義嗎？。」

「一旦採取顛覆想像的策略，就能在我們的思考當中製造死角。只要鑽進這些死角，要去哪裡、要做什麼都能隨心所欲。嗯，看來江間宗史相當擅長鑽人的死角行動呢。」

「……不不，這種事態可不是用『相當擅長』這種話就能帶過的喔。您這番話是認真的嗎？」

「嗯，今天的那傢伙是個英雄沒錯，我可是很肯定的喔？」

啪滋！

隨著燃燒崩解的聲音，房裡的電燈掉了下來。

室內並未陷入伸手不見五指的漆黑。環視房內，只見小個子男人眼前的電腦螢幕正亮著，是能夠隱約掌握什麼東西放在哪裡的亮度。

然而在光線不足的情況下，要應對瞬間發生的事總會慢上半拍。而對偷襲者來說，有這點時間就夠了。

「哈哈！」

梧桐預料到接下來的發展，高聲笑道。

幾乎就在同時，黑色剪影奔走在幽暗當中。毀壞的聲音響起，小個子男人的額頭就這樣撞進電腦螢幕，房裡唯一的光源霎時消失殆盡。

蹬！

使勁踏地的聲音傳來——

梧桐毫不猶豫地飛身一躍，翻滾似的在地上移動，接著跪立在牆角。偷襲者的眼睛理應已適應黑暗，呆站不動的話只會成為人肉標靶。反過來說，只要移動，他就能在他們的據點裡發揮主場優勢。

「唔！」

梧桐揣在懷裡的手，筆直而猛力地朝眼前的黑暗揮出。而同一時間，有什麼東西抵上了他的額頭。

「……哈……」

真是～～太讚啦喂！

在興奮與恐懼的情緒作用下，豆大的汗滴自梧桐的額際滑落臉頰。

「實在太棒了，這可是我夢想著這輩子怎樣都要經歷一次的局面呢，美夢成真啦。」

他戲謔地朝著眼前說道。

沒有得到回應。

右手和頭都動彈不得，梧桐只得以左手翻找自己的口袋，掏出智慧型手機，並在進行最低限度的操作後拋向地面。

解除待機狀態的手機微弱地照亮周遭。

眼前站著一名青年。

黑髮黑眼，怎麼看都很普通且誠實，與狂亂二字感覺無緣——那樣的江間宗史正佇立著。

儘管宗史在至今為止的戰鬥，幾乎都是靠著單方面突襲搞定的，卻依舊傷痕累累，想必有遭受到反擊吧。勉強自己在黑暗中逞凶鬥狠，應該也讓他受傷了才對。紅色裂痕遍布在他的襯衫上，臉頰與額頭上也留有不淺的撕裂傷。

然而他的臉彷彿凍結般地面無表情，右手握著的幽靈槍口直直地抵著梧桐的額頭。

「說到槍戰演出，就是要有這幕呢。」

梧桐無法輕舉妄動。

而這名青年——江間宗史理應也無法輕易地發動攻擊，因為梧桐手上的槍同樣精準地抵著他的額頭。

儘管雙方拿著的都是塑膠製的土製槍枝，視覺上感覺沒那麼緊張，但它們在極近距離下的殺傷力依舊貨真價實。

呈現彼此隨時都能奪走對方性命的局面。

「這種僵持不下的場面叫什麼？記得確實有個講法啊……啊～呃……」

梧桐在膝蓋上施力，打算站起來。

然而或許是察覺了他的意圖吧，宗史扣住扳機的手指微微施力。放棄站起身的他動彈不得。

「對啦，是墨西哥對峙（註：Mexican standoff。指三方人馬對峙駁火之際，各方都同時面對另外兩方發動攻擊的威脅而僵持不下的場面）。」

「不對。」

「那是形容三方對立時，誰也無法動彈的詞彙。」

宗史喃喃回話。

「還真是個龜毛的傢伙啊……」

如果是電影當中的一幕，想必會讓人湧現「槍開下去就對了！」的心情。一旦開槍就能了結敵人，根本沒什麼好迷惘的，那只不過是為了激起緊張感而背離現實的一幕罷了。

不過實際置身於這種情況後……原來如此，的確是無法輕舉妄動。只要在手指上施力就能開槍，卻沒辦法想像自己下一秒活得下來。

凡事都要嘗試看看才行，亢奮得彷彿大腦都要麻痺的梧桐想著。

「哎，我也不是不能理解啦。難得陷入這種僵持狀態，真的會想好好地在墨西哥對峙一番。總之就是希望能出現第三個人吧？那種浪漫我懂。」

「你根本什麼都不懂。」

「別這樣說嘛，我可是很少發揮這樣的服務精神喔。」

喀嚓！

在江間宗史的背後，響起了扳動擊鐵的聲音。

青年愕然睜大了雙眼。見狀，梧桐勾起唇角。

「所以，再追加一人。」

◇

疲憊、自責與絕望。

這些累積相加，讓宗史的意識彷彿要遠去。

他咬破了唇角，試圖以那份痛楚讓自己保持平靜，但在全身都疼痛無比的此刻，並沒有太大意義。

唯有一絲血痕，無意義地自下巴滴落。

「……還有人在嗎？」

他按捺著內心的動搖，以平淡的聲音開了口。

身後有某個人正舉著槍。

宗史擊垮梧桐的手下，讓他們至少在這幾天都無法好好行動，局面來到一對一對峙的階段，而他也壓制住梧桐的行動。明明都演變成這樣了，沒想到居然有埋伏。他只想「大吼別鬧了好嗎？」或是大叫「開什麼玩笑啊！」

「你以為已經收拾所有人了嗎？答案正確卻也不正確，因為這傢伙並不是我們家的正式成員嘛。」

看來是相當中意眼前這幅景象吧，心情比方才更好的梧桐笑了。

「自我介紹一下吧。」

他朝宗史的背後這麼說道。

「你這興趣還真糟呢，梧桐先生。」

身後的那傢伙不太開心地回答。

而宗史非常熟悉這個聲音。

「……孝……太郎……？」

「嗯，沒錯，是我喔。」

儘管似乎帶了點尷尬，卻輕佻如常的——篠木孝太郎的聲音。

至少在這一連串事件當中，這個男人打從一開始就持續幫助著江間宗史，理應是和他站在同一陣線上的。然而……

「話說江間先生，你這樣不行啦～被憤怒沖昏頭而大鬧一場、毀掉邪惡集團這種事，跟你的形象不合吧，因為你並不是那樣的英雄啊？」

「你……為什麼……在這裡？」

「是有幾個理由啦。首先呢，不能讓江間先生殺掉那個男的，畢竟真正的殺戮不適合你嘛。」

他在說什麼？

完全聽不懂。

「說起來，之後你打算怎麼辦，江間先生？大鬧一場的你根本沒想過該如何收拾殘局吧？有人目擊了你在街上的行為，證據也多得不得了，甚至連同過去那樁事件一起在網路上

鬧得沸沸揚揚、成了話題趨勢喔。即使眼下你殺得了梧桐先生，事情依舊沒有解決，問題還是堆積如山，往後你打算怎麼活下去？」

……那種事情——

「你不想思考，對吧？想放空腦袋粉身碎骨。雖然那種心情我懂啦～但不想思考與逃避問題是兩碼子事喔。」

「我……」

「懂了嗎？江間宗史這個男人不管再怎麼努力，都沒有未來了，所以我才會決定在此時背叛，見證這最後的時刻，同時也有些事情想做。」

背叛。

啊，沒錯。一旦有什麼萬一就背叛吧。因為不打算依靠信賴或是友情這些東西，只想以利害與損益維繫關係，宗史過去的確曾與孝太郎如此約定過。

而孝太郎遵守了約定。

（…………這樣啊。）

宗史心中毫無焦躁和憤怒。

只湧現了「原來是這樣啊」如此簡單的認同感。

「把槍丟了吧。」

勝券在握的梧桐微動脖子，催促宗史投降。

（至少也要殺了這傢伙……）

宗史恍惚地這麼想著。

扣在扳機上的手指，緩緩施力。

粗製濫造的幽靈槍沒有消音機能。

一聲槍響，響徹了「SUMMER FLAVOR BREWERY」店內。

那天，江間宗史的故事結束了。

然後，有著這個名字的其中一人，從這世上消失了。

終章 落幕。在那之後——

epilogue

——回憶結束。

回想起來僅僅五天，在月曆上只要一條橫線就能劃過，如此短暫的時光。

身處那些日子時，明明彷彿能持續到永遠的。

年邁女醫告訴我，在那間病房告別後的隔天，江間宗史死了。

他向一連串事件背後的組織下了戰帖，精彩地擊垮了對方，最後卻**與首領同歸於盡**。

當時，我傷心流淚，失望不已。

明明還有很多想說的話、想問的事。

這份心緒不是戀慕，亦非情愛，我並沒有對當下的他了解到能懷有那種情感的地步。

而他也不了解我。正因如此，才想好好聊聊，想了解他，也想被他了解，想對他懷抱某種情感。這並非受到在我之中的某人（阿爾吉儂）影響，而是屬於我的念想。但是——

最重要的他，卻永遠待在夏季的回憶之中。

再怎麼想見也見不到了。想傳達的言語也只能像這樣回憶，收藏在內心深處。

（……唉～～）

總之——

在漫長的回憶後，我一如往常地感到空虛不已。

兩人悠悠地度過並穿越了那段看似漫長，實則短暫的時光。而那裡沒有我——也就是真倉沙希未出場的機會。

我只是被擔憂著、掛念著罷了。在他們的故事裡，我就是個有些重要的小道具而已。

電梯移動的聲音響起。

它停在五樓——也就是這層樓——有人出了電梯，朝我靠近。

「啊，找到人了。沙希未小～～姐。」

身穿渡瀨高中制服的少女揮著手走了過來。

「小伊櫻，妳怎麼在這裡？」

「我聽阿姨說妳穿著裙子出門了，猜想妳大概會跑到這裡就過來看看，果然答對了。」

「我媽媽都說了些什麼呀……」

在那之後過了兩年，小伊櫻又長高了一些，氣質則成熟依舊。一旦換下制服，裝出大人的口吻，應該沒幾個人能看出她未成年吧。

不過或許就是因為這樣，即使升上高中，她的說話方式還是很孩子氣。

「她說妳應該是要去約會喔。某種意義上算是沒說錯啦。」

「別說了啦。」

這可不是那麼開心的事。

硬要說的話就像是來掃墓，雖然沒有可以獻的花。

「所以妳有什麼事要找我嗎？還特地跑來這種地方。」

「啊，對了，我收到來自某方面的消息。呃～～是叫曾根田？還有什麼戈曼的……哎呀，總之大概是這種名字的人吧。兩個人在上個月都垮台嘍。」

「啥？」

她在說什麼？完全聽不懂。

「據說是突然傳出了好幾件醜聞之類的。妳認識他們嗎？」

「完全不認識。應該是哪裡的政治人物之類的吧？」

「不。雖然我也不是很清楚，但聽說那些人消失之後，沙希未小姐身上的標籤也終於能撕下來嘍。」

「啊？」

標籤？在我身上？什麼情況？

頭上不斷浮現問號。

但我馬上就察覺自己真是蠢到家了，想也知道這是理所當然的。

在那之後，離開我身體的「高爾・媧達耶」似乎過了幾天就腐爛消失了。原本它非得花上更久的時間化為成熟的生物才能離開不可，卻似乎因為急於脫離身體，沒能維持生物體的型態。印象中的說明大概是這樣。

說起來，這個肉片一開始究竟是從哪裡被帶進那間研究機構裡的？結果也無人知曉。這代表那個奇妙生物的碎片，已經不復存在了。

然而，曾被那碎片寄生的奇妙人類還在這裡。

儘管我現在的確是作為普通的人類活著，但身體某處說不定仍留有什麼痕跡——要是有人這麼想也不奇怪。

而這麼想的人一旦打算不擇手段地重啟研究，應該會先逮住真倉沙希未吧。

「……嗚哇！」

真是讓人不寒而慄。

我一直認為事情在前年就已經全部結束了，從未想過現在依然有人視這副身軀為小道具。

還真感謝自己的幸運。雖然我不知道標籤到底是什麼，總之應該就像是被盯梢那樣吧。要是持續下去，**那個**什麼時候會被發現也不奇怪。

「拜託饒了我吧……」

我的手扶上滲出冷汗的額際，搖了搖頭。

小伊櫻嘻嘻笑著。

「真是太好了不是嗎？結果什麼都沒發生就結束了。」

「話是這麼說沒錯，但我還是感覺……等等。」

我抬起頭。

「這些話妳是從誰那裡聽來的？小梅女士嗎？」

「嗯～～講到這點之前先進入正題吧。這個給妳。」

小伊櫻用兩隻手指夾出一張便條紙。

隨即將它遞給我。我接過了那張紙。

攤開紙片，上頭寫著地址，位在與這裡有著一大段距離的城市，不過同樣是個濱海的城鎮。最後還寫著某個名字，恐怕是住在那裡的人吧？是個沒聽過的男性姓名。

這是什麼啊？

「有人叫我把這個交給妳。」

「……這是……什麼？」

該不會是——

「誰知道呢？去了不就知道嗎？要盛裝打扮一下喔。」

「為什麼啊？」

難道是——

「誰知道呢？孝太郎只拜託我把這個交給妳而已。」

該不會是……我暗忖著。

難道是……我心想著。

在這張便條紙上所寫的地方，有誰在呢？

線索是這個時間點。從我身上撕去標籤的話題，與這張便條紙同時而至，表示對方必須待事件全部結束後，才能與我見面。

而這樣的對象，我只知道一人。

照理說已經見不到的他。照理說已經死去的他。

既然如此，也就是說——

用了不同的名字，搞不好也換了一張臉，說不定甚至聲音和體型也不同，也就是完全改頭換面了。

但他依舊活著吧，活在夏季回憶之外。

「啊……啊……」

總覺得快哭出來了，我急忙以雙手遮住臉。

小伊櫻輕盈地轉過身。

「既然事情也辦完了，那我就回去嘍。沙希未小姐要動身的話，動作快一點會比較好喔，畢竟一不小心太陽很快就下山了。」

輕快的腳步聲逐漸往電梯口遠去。而向著那道背影——

「**伊櫻**，謝謝妳！」

某人以我的——真倉沙希未的嘴，發出了聲音。

喂！妳這厚顏無恥的食客在幹什麼啊？現在是我的時間，不許多嘴。手慌張地遮住嘴。

然而已經太遲了。說出口的話就像潑出去的水，收不回來了。

小伊櫻略顯驚訝地回過頭，燦爛地笑道：

「小儂也是！替我向那個人問好喔！」

◇

有個詞彙叫終章（epilogue）。

原本似乎指的是交代舞台劇的尾聲。整個故事結束後，由擔任終幕解說的演員向觀眾講述事件的未來發展，同時宣布「就此劇終」。

嚴格來說，擔任終幕解說的這個人已非故事當中的人物，應該算是後設般的存在吧。他的職責是在現實側對現實世界的觀眾們搭話，提醒他們：「夢醒了，該回家嘍。」藉此在故事與現實間搭起一座橋梁。

江間宗史與阿爾吉儂的故事已經結束了。

我現在正在訴說的，是兩人離開舞台後的終章。而且——

——或許也會成為其他故事的序章。

我有這種小小小小的，預感。

◇

此時，相隔一段距離的某個小房間裡——

「哈啾！」

一名年輕男子打了個大大的噴嚏。

「……該不會在夏天感冒了吧？」

他抹著鼻子，一面往窗外看去。遠方看得見湛藍的海。

金魚缸裡，兩隻金魚正擺動著尾鰭。

後記

在夏日豔陽的照射下，臨海的一房一廳。他們——拋棄過去，彷彿空殼般的青年，以及沒有過去與未來的初生怪物——確實曾住在那裡。各自有著欠缺的兩人相互依偎，度過了短暫的時光——

以這樣的感覺，為您獻上這部《砂上的微小幸福》。

由於或許有初次見面的讀者，在此先打聲招呼，我叫枯野瑛。

直到去年為止，我在Sneaker文庫出版了有點長的系列作品。而這次則是久違的新作。同時，這也是個單本完結的故事。

我在現階段並未構思續作，是以能輕鬆地翻開，輕鬆地讀完。視各方回饋而定，說不定有朝一日會再度編織他們與她們的故事，但屆時也不見得會以續作形式呈現就是了。

說起這本故事的情節架構，最早是在二〇〇四年著手動筆的。

當時是設定成其他故事的外傳，想寫被禁錮在人體內的怪物，以及非守護怪物不可的青年，可說是精心之作，也是（年輕時的）枯野相當喜歡的風格。

可惜企畫當時並未通過，這份大綱於是遭到塵封，但「總有一天要寫」的意念並未消失。

而此次這份塵封已久的大綱企畫終於通過，我理所當然而興高采烈地懷著滿滿幹勁，重新看過了整個架構……

然後總算發現——

在這十八年裡，我把原本預計要寫在這個故事裡的構想，偷偷用在了其他作品裡——對自身內心混入異物感到不安與厭惡、想肯定這種狀態的難處，以及在這般過程中細細品味幸福與安穩的意義……總之就是像這樣，將這些構思東挪西移地寫進了許多作品。

「糟了，要是按照這份大綱來寫，會變成只是在炒自己的冷飯。」

我著急不已。

然而大綱已經通過了，即使拿「在其他地方用過」等理由，依舊無法改變題材本身。倒不如說都進展到這個階段，我也不想改了。況且從頭大改造一番也算是在預想之中，畢竟原來的大綱時隔已久，不改的話似乎很難在令和年代出版，也得調整原先看似與前作有所關連的設定，重新組織成一部獨立的作品。

綜上所述，我不停地反覆思考著該如何修改故事情節。

也想找回與末日時系列不同的寫作筆法，這份心情增加了嘗試錯誤的次數。

回過神來，就這樣過了一年。

……哎呀，說了這麼多，到底是想表示些什麼呢？總之就是為前一部系列作完結至今的空窗期找藉口。讓各位久等實在很不好意思。

寫到這裡，篇幅也差不多用完了。

那麼，希望某天能再次與各位在這片天空下見面。

二〇二二年　夏

枯野瑛

義妹生活 1~6 待續

Kadokawa Fantastic Novels

作者：三河ごーすと　插畫：Hiten

明明早已決定獨自活下去，
卻在不知不覺間想著要走在某人身旁。

悠太與沙季表面維持如以往的距離，關係卻有了明確變化。兩人在煩惱禮物、如何過紀念日、怎麼討對方歡心等問題的同時，也以自己的方式摸索幸福之路。而看見雙親與親戚的模樣，讓他們考慮起家人的聯繫、戀愛關係後續發展……乃至結婚生子……？

各 **NT$200~220/HK$67~73**

國家圖書館出版品預行編目(CIP)資料

砂上的微小幸福/枯野瑛作；泉譯. -- 初版. -- 臺北市：臺灣角川股份有限公司, 2023.07
面；　公分
譯自：砂の上の1DK
ISBN 978-626-352-701-0(平裝)

861.57　　　　112007625

Kadokawa
Fantastic
Novels

砂上的微小幸福

（原著名：砂の上の1DK）

2023年7月24日 初版第1刷發行
2023年11月3日 初版第2刷發行

作　者：枯野瑛
插　畫：みすみ
譯　者：泉

發 行 人：岩崎剛人
總 編 輯：蔡佩芬
編　輯：邱璨萱
設計指導：陳晞叡
印　務：李明修（主任）、張加恩（主任）、張凱棋

發 行 所：台灣角川股份有限公司
地　址：104台北市中山區松江路223號3樓
電　話：（02）2515-3000
傳　真：（02）2515-0033
網　址：www.kadokawa.com.tw
劃撥帳戶：台灣角川股份有限公司
劃撥帳號：19487412
法律顧問：有澤法律事務所
製　版：尚騰印刷事業有限公司
ISBN：978-626-352-701-0